Olivier Bourdeaut

En attendant Bojangles

Gallimard

Olivier Bourdeaut est né en 1980. Il a longtemps hésité avant de se mettre à écrire, se sentant tout petit devant sa bibliothèque. Son premier roman, *En attendant Bojangles*, a notamment obtenu le prix France Télévisions 2016, le Grand Prix RTL-*Lire* 2016 et le prix du Roman des étudiants France Culture-*Télérama* 2016. *Pactum salis*, son deuxième roman, a paru en 2018.

à mes parents
pour ce mélange de patience et de bienveillance,
témoignage quotidien de leur tendresse

« Certains ne deviennent jamais fous… Leurs vies doivent être bien ennuyeuses. »

CHARLES BUKOWSKI

Ceci est mon histoire vraie, avec des mensonges à l'endroit, à l'envers, parce que la vie c'est souvent comme ça.

1

Mon père m'avait dit qu'avant ma naissance, son métier c'était de chasser les mouches avec un harpon. Il m'avait montré le harpon et une mouche écrasée.

— J'ai arrêté car c'était très difficile et très mal payé, m'avait-il affirmé en rangeant son ancien matériel de travail dans un coffret laqué. Maintenant j'ouvre des garages, il faut beaucoup travailler mais c'est très bien payé.

À la rentrée des classes, lorsque aux premières heures on fait les présentations, j'avais parlé, non sans fierté, de ses métiers mais je m'étais fait gentiment gourmander et copieusement moquer.

— La vérité est mal payée, pour une fois qu'elle était drôle comme un mensonge, avais-je déploré.

En réalité, mon père était un homme de loi.

— C'est la loi qui nous fait manger ! s'esclaffait-il en bourrant sa pipe.

Il n'était ni juge, ni député, ni notaire, ni

15

avocat, il n'était rien de tout ça. Son activité, c'était grâce à son ami sénateur qu'il pouvait l'exercer. Tenu informé à la source des nouvelles dispositions législatives, il s'était engouffré dans une nouvelle profession créée de toutes pièces par le sénateur. Nouvelles normes, nouveau métier. C'est ainsi qu'il devint «ouvreur de garages». Pour assurer un parc automobile sécurisé et sain, le sénateur avait décidé d'imposer un contrôle technique à tout le monde. Ainsi, les propriétaires de tacots, de limousines, d'utilitaires et de guimbardes en tout genre devaient faire passer une visite médicale à leur véhicule pour éviter les accidents. Riche ou pauvre, tout le monde devait s'y plier. Alors forcément, comme c'était obligatoire, mon père facturait cher, très cher. Il facturait l'aller et le retour, visite et contre-visite, et d'après ses éclats de rire c'était très bien comme ça.

— Je sauve des vies, je sauve des vies! riait-il le nez plongé dans ses relevés bancaires.

À cette époque, sauver des vies rapportait beaucoup d'argent. Après avoir ouvert énormément de garages, il les vendit à un concurrent, ce qui fut un soulagement pour Maman qui n'aimait pas trop qu'il sauve des vies, car pour cela il travaillait beaucoup, et nous ne le voyions quasiment jamais.

— Je travaille tard pour pouvoir m'arrêter tôt, lui répondait-il, ce que j'avais du mal à comprendre.

Je ne comprenais pas souvent mon père. Je le

compris un peu plus au fil des ans, mais pas totalement. Et c'était bien ainsi.

Il m'avait dit qu'il était né avec, mais j'ai très vite su que l'encoche cendrée, légèrement boursouflée à droite de sa lèvre inférieure, qui lui donnait un beau sourire un peu tordu, était due à une pratique assidue de la pipe. Sa coupe de cheveux, avec sa raie au milieu et des vaguelettes de chaque côté, me faisait penser à la coiffure du cavalier prussien qui était sur le tableau dans l'entrée. À part le Prussien et lui, je n'ai jamais vu qui que ce soit coiffé comme ça. Les orbites de ses yeux légèrement creuses et ses yeux bleus légèrement globuleux lui donnaient un regard curieux. Profond et roulant. À cette époque, je l'ai toujours vu heureux, d'ailleurs il répétait souvent :

— Je suis un imbécile heureux !

Ce à quoi ma mère lui répondait :

— Nous vous croyons sur parole Georges, nous vous croyons sur parole !

Tout le temps il chantonnait, mal. Parfois il sifflotait, tout aussi mal, mais comme tout ce qui est fait de bon cœur c'était supportable. Il racontait de belles histoires et, les rares fois où il n'y avait pas d'invités, il venait plier son grand corps sec sur mon lit pour m'endormir. D'un roulement d'œil, d'une forêt, d'un chevreuil, d'un farfadet, d'un cercueil, il chassait tout mon sommeil. Le plus souvent, je finissais hilare en sautant sur mon lit ou caché pétrifié derrière les rideaux.

— Ce sont des histoires à dormir debout, disait-il avant de quitter ma chambre.

Et là encore on pouvait le croire sur parole. Le dimanche après-midi, pour chasser tous les excès de la semaine, il faisait de la musculation. Face au grand miroir encadré de dorures et surmonté d'un grand nœud majestueux, torse nu et la pipe au bec, il remuait de minuscules haltères en écoutant du jazz. Il appelait ça «le gym tonic» car parfois il s'arrêtait pour boire son gin tonic à grandes gorgées et déclarait à ma mère :

— Vous devriez essayer le sport, Marguerite, je vous assure, c'est drôle et on se sent beaucoup mieux après !

Ce à quoi ma mère lui répondait, qui essayait, la langue coincée entre les dents et un œil fermé, de piquer l'olive de son martini avec un parasol miniature :

— Vous devriez essayer le jus d'orange Georges, et je vous assure que vous trouveriez le sport beaucoup moins marrant après ! Et soyez gentil, cessez de m'appeler Marguerite, choisissez-moi un nouveau prénom, sinon je vais me mettre à meugler comme une génisse !

Je n'ai jamais bien compris pourquoi, mais mon père n'appelait jamais ma mère plus de deux jours de suite par le même prénom. Même si certains prénoms la lassaient plus vite que d'autres, ma mère aimait beaucoup cette habitude et, chaque matin dans la cuisine, je la voyais observer mon père, le suivre d'un regard rieur, le nez dans son bol, ou le menton dans les mains, en attendant le verdict.

— Oh non, vous ne pouvez pas me faire ça ! Pas Renée, pas aujourd'hui ! Ce soir nous avons des gens à dîner ! s'esclaffait-elle, puis elle tournait la tête vers la glace et saluait la nouvelle Renée en grimaçant, la nouvelle Joséphine en prenant un air digne, la nouvelle Marylou en gonflant les joues.

— En plus je n'ai vraiment rien de Renée dans ma garde-robe !

Un jour par an seulement, ma mère possédait un prénom fixe. Le 15 février elle s'appelait Georgette. Ce n'était pas son vrai prénom, mais la Sainte-Georgette avait lieu le lendemain de la Saint-Valentin. Mes parents trouvaient tellement peu romantique de s'attabler dans un restaurant entourés d'amours forcés, en service commandé. Alors chaque année, ils fêtaient la Sainte-Georgette en profitant d'un restaurant désert et d'un service à leur seule disposition. De toute manière, Papa considérait qu'une fête romantique ne pouvait porter qu'un prénom féminin.

— Veuillez nous réserver la meilleure table, au nom de Georgette et Georges s'il vous plaît. Rassurez-moi, il ne vous reste plus de vos affreux gâteaux en forme de cœur ? Non ! Dieu merci !

disait-il en réservant la table d'un grand restaurant.

Pour eux, la Sainte-Georgette n'était surtout pas la fête des amourettes.

Après l'histoire des garages, mon père n'avait plus besoin de se lever pour nous faire manger, alors il se mit à écrire des livres. Tout le temps, beaucoup. Il restait assis à son grand bureau devant son papier, il écrivait, riait en écrivant, écrivait ce qui le faisait rire, remplissait sa pipe, le cendrier, la pièce de fumée, et d'encre son papier. Les seules choses qui se vidaient, c'était les tasses de café et les bouteilles de liquides mélangés. Mais la réponse des éditeurs était toujours la même : « C'est bien écrit, drôle, mais ça n'a ni queue, ni tête. » Pour le consoler de ces refus, ma mère disait :

— A-t-on déjà vu un livre avec une queue et une tête, ça se saurait !

Ça nous faisait beaucoup rire.

D'elle, mon père disait qu'elle tutoyait les étoiles, ce qui me semblait étrange car elle vouvoyait tout le monde, y compris moi. Ma mère vouvoyait également la demoiselle de Numidie, cet oiseau élégant et étonnant qui vivait dans notre appartement, et promenait en ondulant son long cou noir, ses houppettes blanches et ses yeux rouge violent, depuis que mes parents l'avaient ramenée d'un voyage je ne sais où, de leur vie

20

d'avant. Nous l'appelions « Mademoiselle Super-fétatoire » car elle ne servait à rien, sauf à crier très fort sans raison, faire des pyramides rondes sur le parquet, ou à venir me réveiller la nuit en tapant à la porte de ma chambre de son bec orange et vert olive. Mademoiselle était comme les histoires de mon père, elle dormait debout, avec la tête cachée sous son aile. Enfant, j'ai souvent essayé de l'imiter, mais c'était rudement compliqué. Mademoiselle adorait quand Maman lisait allongée sur le canapé et qu'elle lui caressait la tête pendant des heures. Mademoiselle aimait la lecture comme tous les oiseaux savants. Un jour, ma mère avait souhaité emmener Mademoiselle Superfétatoire en ville faire des courses ; pour cela elle lui avait confectionné une belle laisse en perles, mais Mademoiselle avait eu peur des gens et les gens avaient eu peur de Mademoiselle qui criait comme jamais. Une vieille dame à teckel lui avait même dit que c'était inhumain et dangereux de promener un oiseau en laisse sur le trottoir.

— Des poils, des plumes, quelle différence ! Mademoiselle n'a jamais mordu qui que ce soit, et je la trouve bien plus élégante que votre pâté de poil ! Venez Mademoiselle rentrons chez nous, ces individus sont vraiment trop communs et grossiers !

Elle était rentrée à l'appartement fortement remontée et, lorsqu'elle était dans cet état-là, elle allait voir mon père pour tout lui raconter dans le détail. Et comme à chaque fois, ce n'était qu'après avoir terminé qu'elle redevenait guillerette. Elle s'énervait souvent, mais jamais longtemps, la voix de mon père était pour elle un bon calmant. Le reste du temps, elle s'extasiait sur tout, trouvait follement divertissant l'avancement du monde et l'accompagnait en sautillant gaiement. Elle ne me traitait ni en adulte, ni en enfant mais plutôt comme un personnage de roman. Un roman qu'elle aimait beaucoup et tendrement et dans lequel elle se plongeait à tout instant. Elle ne voulait entendre parler ni de tracas, ni de tristesse.

— Quand la réalité est banale et triste, inventez-moi une belle histoire, vous mentez si bien, ce serait dommage de nous en priver.

Alors je lui racontais ma journée imaginaire et elle tapait frénétiquement dans ses mains en gloussant :

— Quelle journée mon enfant adoré, quelle journée, je suis bien contente pour vous, vous avez dû bien vous amuser !

Puis elle me couvrait de baisers. Elle me picorait disait-elle, j'aimais beaucoup me faire picorer par elle. Chaque matin, après avoir reçu son prénom quotidien, elle me confiait un de ses gants en velours fraîchement parfumé pour que toute la journée sa main puisse me guider.

Certains traits de son visage portaient les nuances de son comportement enfantin, de belles joues pleines et des yeux verts pétillant d'étourderie. Les barrettes nacrées et bigarrées qu'elle mettait, sans cohérence particulière, pour dompter sa chevelure léonine, lui conféraient une insolence mutine d'étudiante attardée. Mais ses lèvres charnues, rouge carmin, retenant miraculeusement suspendues de fines cigarettes blanches, et ses longs cils, jaugeant la vie, démontraient à l'observateur qu'elle avait grandi. Ses tenues légèrement extravagantes et extrêmement élégantes, du moins quelque chose dans leur assemblage, prouvaient aux regards scrutateurs qu'elle avait vécu, qu'elle avait son âge.

Ainsi écrivait mon père dans son carnet secret que j'ai lu plus tard, après. Si ça n'avait pas de queue, ça avait quand même une tête, et pas n'importe laquelle.

Mes parents dansaient tout le temps, partout. Avec leurs amis la nuit, tous les deux le matin et l'après-midi. Parfois je dansais avec eux. Ils dansaient avec des façons vraiment incroyables, ils bousculaient tout sur leur passage, mon père lâchait ma mère dans l'atmosphère, la rattrapait par les ongles après une pirouette, parfois deux, même trois. Il la balançait sous ses jambes, la faisait voler autour de lui comme une girouette, et quand il la lâchait complètement sans faire exprès Maman se retrouvait les fesses par terre et sa robe autour, comme une tasse sur une soucoupe. Toujours, quand ils dansaient, ils se préparaient des cocktails fous, avec des ombrelles,

des olives, des cuillers, et des collections de bouteilles. Sur la commode du salon, devant un
immense cliché noir et blanc de Maman sautant
dans une piscine en tenue de soirée, se trouvait
un beau et vieux tourne-disque sur lequel passait
toujours le même vinyle de Nina Simone, et la
même chanson : «Mister Bojangles». C'était le
seul disque qui avait le droit de tourner sur
l'appareil, les autres musiques devaient se réfugier dans une chaîne hi-fi plus moderne et un
peu terne. Cette musique était vraiment folle,
elle était triste et gaie en même temps, et elle
mettait ma mère dans le même état. Elle durait
longtemps mais s'arrêtait toujours trop vite et
ma mère s'écriait : «Remettons Bojangles !» en
tapant vivement dans ses mains.

Alors il fallait s'emparer du bras pour remettre
le diamant sur le bord. Il ne pouvait y avoir qu'un
diamant pour donner une musique pareille.

Pour recevoir le plus de gens possible, notre
appartement était très grand. Sur le sol de l'entrée, les grandes dalles noires et blanches for-
maient un jeu de dames géant. Mon père avait
acheté quarante coussins noirs et blancs et nous
faisions de grandes parties le mercredi après-
midi, sous le regard du cavalier prussien qui servait d'arbitre, mais qui ne disait jamais rien. Parfois Mademoiselle Superfétatoire venait troubler
le jeu en poussant les coussins blancs avec sa tête
ou en les piquant avec son bec, toujours les blancs

parce qu'elle ne les aimait pas ou les aimait trop, on ne savait pas, on n'a jamais su pourquoi, Mademoiselle avait ses secrets comme tout le monde. Dans un coin du hall, il y avait une montagne de courrier que mes parents avaient constituée en jetant, sans les ouvrir, toutes les lettres qu'ils recevaient. La montagne était si impressionnante que je pouvais me jeter dedans sans me blesser, c'était une montagne joyeuse et moelleuse qui faisait partie du mobilier. Parfois mon père me disait :

— Si tu n'es pas sage, je te fais ouvrir le courrier pour le trier !

Mais il ne l'a jamais fait, il n'était pas méchant.

Le salon était vraiment dingue. Il y avait deux fauteuils crapauds rouge sang, pour que mes parents puissent boire confortablement, une table en verre avec du sable de toutes les couleurs à l'intérieur, un immense canapé bleu capitonné sur lequel il était recommandé de sauter, c'est ma mère qui me l'avait conseillé. Souvent elle sautait avec moi, elle sautait tellement haut qu'elle touchait la boule en cristal du lustre aux mille chandelles. Mon père avait raison : si elle le voulait, elle pouvait réellement tutoyer les étoiles. En face du canapé, sur une vieille malle de voyage pleine d'autocollants de capitales, se trouvait un petit téléviseur moisi qui ne fonctionnait plus très bien. Sur toutes les chaînes passaient des images de fourmilières en gris, en noir, en blanc. Pour le punir de ses mauvais programmes, mon père l'avait chapeauté d'un bonnet d'âne. Parfois, il me disait :

— Si tu n'es pas sage, j'allume la télévision !

C'était l'horreur de regarder le téléviseur pendant des heures. Mais il le faisait rarement, il n'était vraiment pas méchant. Sur le vaisselier, qu'elle trouvait moche, ma mère avait fait pousser du lierre, qu'elle trouvait beau. Alors le meuble était devenu une plante géante, le meuble perdait des feuilles et il fallait l'arroser. C'était un drôle de meuble, une drôle de plante. Dans la salle à manger, il y avait tout pour manger, une grande table et beaucoup de chaises pour les invités, et bien sûr pour nous, ce qui était la moindre des choses. Pour aller dans les chambres, il y avait un long couloir dans lequel on battait des records de course, c'était le chronomètre qui le disait. Mon père gagnait toujours et Mademoiselle Superfétatoire perdait tout le temps ; la compétition ce n'était pas son truc, de toute façon elle avait peur des applaudissements. Dans ma chambre, il y avait trois lits, un petit, un moyen, un grand, j'avais choisi de garder mes lits d'avant dans lesquels j'avais passé de bons moments, comme ça j'avais l'embarras du choix, même si Papa trouvait que mon choix ressemblait à un débarras. Sur le mur, était accroché un poster de Claude François en costume de pacotille, que Papa avait transformé en cible à fléchettes avec un compas, parce qu'il trouvait qu'il chantait comme une casserole, mais Dieu merci, disait-il, EDF avait mis fin à tout ça, sans que je comprenne ni comment, ni pourquoi. Parfois, y avait pas à dire, il était dur à comprendre. Le sol de la cuisine était encombré de toutes sortes de pots remplis de plantes pour faire à manger ; mais la plupart du temps Maman oubliait de les arroser et alors il y avait du foin partout. Mais quand il lui arrivait de les arroser, elle en mettait toujours trop. Les pots devenaient des passoires et, durant des heures, la cuisine une patinoire. Un sacré foutoir qui durait le temps que la terre redonne l'eau en trop. Mademoiselle Superfétatoire aimait beaucoup quand la cuisine était inondée, ça lui rappelait sa vie d'avant, disait Maman, alors elle secouait ses ailes et gonflait son cou comme un oiseau content. Du plafond, au milieu des poêles et des casseroles, pendait une patte de cochon séchée qui était dégoûtante à regarder mais très bonne à manger. Quand j'étais à l'école, Maman préparait beaucoup de bonnes choses à manger qu'elle confiait au traiteur qui nous les rapportait quand on en avait besoin, ça épatait les invités. Le frigidaire était trop petit pour tout le monde alors il était toujours vide. Maman invitait une foule de gens pour manger, à n'importe quel moment de la journée : les amis, certains voisins (du moins ceux qui n'avaient pas peur du bruit), les anciens collègues de mon père, la concierge, son mari, le facteur (quand il passait à la bonne heure), l'épicier du Maghreb lointain mais qui était juste en bas dans sa boutique, et même une fois, un vieil homme en guenilles qui sentait très mauvais mais qui semblait quand même satisfait. Maman était fâchée avec les horloges, alors parfois je rentrais de l'école pour goûter et il y avait du gigot et d'autres fois il fallait attendre le milieu de la nuit pour commencer à dîner. Alors nous patientions en dansant et en avalant des olives. Il est arrivé qu'on danse trop pour manger, alors, tard dans la nuit, Maman se mettait à pleurer pour me montrer combien elle était désolée, et elle me picorait en me serrant fort dans ses bras avec son visage tout mouillé et son odeur de cocktail. Elle était comme ça ma mère et c'était bien ainsi. Les invités riaient beaucoup et fort, et de temps en temps, ils étaient trop fatigués d'avoir ri, alors ils passaient la nuit dans un de mes deux lits. Le matin, ils se faisaient réveiller par les cris de Mademoiselle Superfétatoire qui n'était pas vraiment favorable aux grasses matinées. Quand il y avait des invités, je dormais toujours dans le grand lit, comme ça au réveil je les voyais pliés comme des accordéons dans mon lit de bébé et ça me faisait toujours énormément rigoler.

Trois nuits par semaine, nous avions un invité. Le sénateur quittait son territoire du centre de la France pour siéger dans son palais. Mon père l'appelait tendrement «l'Ordure». Je n'ai jamais su comment ils s'étaient rencontrés, les versions différaient à chaque cocktail, mais ils s'amusaient follement ensemble. L'Ordure avait une coupe de cheveux carrée. Pas un carré de fille, il avait les cheveux courts en brosse mais avec des angles droits dessus ; pas une coupe au carré, une coupe carrée sur une bouille rouge et ronde coupée en deux par une belle moustache, de fines lunettes en acier retenues par de drôles d'oreilles en forme de queues de gambas. Il m'avait expliqué que c'était à cause du rugby que le contour de ses oreilles ressemblait à des queues de gambas, je n'avais pas très bien compris, mais en tout cas j'avais décrété que «le gym tonic» était un sport moins dangereux que le rugby, du moins pour les oreilles. La couleur, l'aspect, le cartilage broyé avait pris la forme d'une crevette, c'était ainsi, tant pis pour lui. Lorsqu'il riait, son corps se secouait par saccades, et comme il riait tout le temps, ses épaules subissaient un tremblement permanent. Il parlait fort, en grésillant comme un vieux transistor. Il avait toujours sur lui un énorme cigare qu'il n'allumait jamais. Il le tenait dans sa main ou dans sa bouche quand il arrivait et le glissait dans son étui lorsqu'il partait. Dès qu'il franchissait la porte, il se mettait à crier :

— Caïpirowska, Caïpirowska !

J'ai longtemps cru que c'était sa petite amie de Russie qu'il appelait comme ça, mais elle ne venait jamais, alors mon père, pour le faire patienter, lui servait un cocktail glacé avec de la menthe dedans et le sénateur était quand même content. Ma mère aimait bien l'Ordure car il était drôle, lui faisait des cascades de compliments et nous avait permis de gagner énormément d'argent, et moi je l'aimais pour les mêmes raisons, ni plus, ni moins. Pendant les grandes danses nocturnes, il essayait d'embrasser toutes les amies de ma mère. Mon père disait qu'il sautait sur toutes les occasions. Parfois ça marchait, donc il partait sauter les occasions dans sa chambre. Quelques minutes plus tard, il ressortait heureux et plus rouge que jamais en hurlant le nom de sa petite amie de Russie, parce qu'il devait bien sentir qu'il y avait quelque chose qui clochait.

— Caïpirowska! Caïpirowska! criait-il joyeusement tandis qu'il rajustait ses lunettes sur ses oreilles crevettes.

La journée, il allait travailler au palais du Luxembourg, qui se trouvait bien à Paris, pour des raisons que j'avais du mal à comprendre. Il disait qu'il allait travailler tard mais revenait toujours très tôt. Le sénateur avait un drôle de train de vie. En rentrant il disait que son métier était beaucoup plus drôle avant la chute du mur, parce qu'on y voyait beaucoup plus clair. J'en avais déduit qu'il y avait eu des travaux dans son bureau, qu'on avait cassé un mur et bouché les fenêtres avec. Je comprenais qu'il rentre tôt, ce n'était pas des conditions de travail, même pour une ordure. De lui, Papa déclarait :

— L'Ordure est mon ami le plus cher, car son amitié n'a pas de prix!

Et ça, je l'avais parfaitement compris.

Avec l'argent des garages, Papa avait acheté un beau et petit château en Espagne, loin dans le

Sud. Un peu de voiture, un peu d'avion, encore un peu de voiture et beaucoup de patience. Dans les montagnes, légèrement au-dessus d'un village tout blanc où il n'y avait jamais personne l'après-midi et beaucoup de monde la nuit, le château ne donnait à voir que des forêts de pins ou presque. Dans un coin à droite, il y avait des terrasses avec tout plein d'oliviers, d'orangers et d'amandiers qui tombaient pile poil sur un lac bleu laiteux retenu par un barrage majestueux. Papa m'avait dit que c'était lui qui l'avait construit et que sans lui l'eau serait partie. Mais j'avais eu du mal à le croire car, dans la maison, il n'y avait aucun outil, alors il ne faut pas exagérer, avais-je pensé. Pas très loin, il y avait la mer, et là les côtes étaient remplies de monde sur les plages, dans les immeubles, dans les restaurants, dans les embou-teillages, c'était vraiment surprenant. Maman disait qu'elle ne comprenait pas les vacanciers qui quittaient les villes pour aller dans d'autres villes, elle expliquait que les plages étaient pol-luées par des gens qui se mettaient du gras sur la peau pour bronzer même s'ils étaient déjà gros et gras, et que tout ça faisait beaucoup de bruit et sentait très mauvais. Mais nous, ça ne nous empêchait pas de bronzer sur les petites plages du lac, grandes comme trois serviettes, c'était bien plus chouette. Sur le toit du château, il y avait une grande terrasse avec des nuages de jas-min qui avaient pour eux l'avantage de sentir très bon. La vue était vraiment spectaculaire. Elle donnait soif à mes parents qui buvaient du vin avec des fruits dedans, alors on mangeait plein de fruits, le jour, la nuit, on buvait des fruits, en dansant. Bien sûr, Mister Bojangles faisait le voyage avec nous, et Mademoiselle Superfétatoire nous rejoignait plus tard, on allait la chercher à l'aéroport parce qu'elle avait un statut bien particulier. Elle voyageait dans une boîte avec un trou dedans, d'où ne sortaient que sa tête et son cou, alors forcément elle criait beaucoup, et pour une fois elle avait bien raison. Afin de manger des fruits, danser et bronzer au bord du lac, mes parents faisaient venir tous leurs amis qui trouvaient que c'était vraiment le paradis et on n'avait aucune raison de penser le contraire. J'allais au paradis dès que je le voulais, mais surtout quand mes parents le décidaient.

Maman me racontait souvent l'histoire de Mister Bojangles. Son histoire était comme sa musique : belle, dansante et mélancolique. C'est pour ça que mes parents aimaient les slows avec Monsieur Bojangles, c'était une musique pour les sentiments. Il vivait à la Nouvelle-Orléans, même si c'était il y a longtemps, dans le vieux temps, il n'y avait rien de nouveau là-dedans. Au début, il voyageait avec son chien et ses vieux vêtements, dans le sud d'un autre continent. Puis son chien était mort, et plus rien n'avait été comme avant. Alors il allait danser dans les bars, toujours avec ses vieux vêtements. Il dansait

Monsieur Bojangles, il dansait vraiment tout le temps, comme mes parents. Pour qu'il danse, les gens lui payaient des bières, alors il dansait dans son pantalon trop grand, il sautait très haut et retombait tout doucement. Maman me disait qu'il dansait pour faire revenir son chien, elle le savait de source sûre. Et elle, elle dansait pour faire revenir Monsieur Bojangles. C'est pour ça qu'elle dansait tout le temps. Pour qu'il revienne, tout simplement.

2

— *Donnez-moi le prénom qui vous chante ! Mais je vous en prie, amusez-moi, faites-moi rire, ici les gens sont tous parfumés à l'ennui !* avait-elle affirmé en s'emparant de deux coupes de champagne sur le buffet.

— *Si je suis ici, c'est pour trouver mon assurance-vie !* avait-elle proclamé avant de vider d'un trait la première coupe, ses yeux, légèrement déments, plongés dans les miens.

Et tandis que je tendais naïvement la main pour recevoir le verre que je croyais m'être destiné, elle le siffla cul sec, puis me toisant du regard en se caressant le menton, elle m'affirma avec une insolence rieuse :

— *Vous êtes assurément le plus beau contrat de ce sinistre gala !*

La raison aurait dû m'inciter à fuir, à la fuir. D'ailleurs, je n'aurais jamais dû la rencontrer.

Pour fêter l'ouverture de mon dixième garage, mon banquier m'avait invité dans un palace de la Côte d'Azur pour un pince-fesses de deux jours étrangement nommé « les week-ends de la réussite ». Une sorte de séminaire pour jeunes entrepreneurs pleins d'avenir. À l'intitulé absurde s'ajoutaient une assemblée lugubre et toutes sortes de colloques dispensés par de savants cloportes aux visages chiffonnés par le savoir et les données. Comme souvent depuis mon enfance, j'avais tué le temps en m'inventant des vies auprès de mes condisciples et de leurs épouses. Ainsi, la veille, au dîner, j'avais embrayé dès l'entrée sur ma filiation avec un prince hongrois, dont un lointain aïeul avait fréquenté le comte de Dracula :

— Contrairement à ce que l'on veut nous faire croire, cet homme était d'une courtoisie et d'une délicatesse rares ! J'ai chez moi des documents qui attestent que le malheureux a essuyé une campagne de calomnie sans égale, guidée par une crasse et basse jalousie.

Comme toujours en pareil cas, il faut ignorer les regards dubitatifs et se concentrer sur les plus crédules de la tablée. Une fois le regard du plus naïf capté, il faut l'abreuver de détails d'une précision méticuleuse afin de lui arracher un commentaire qui valide la fable. Ce soir-là, ce fut l'épouse d'un viticulteur bordelais qui opina du chef en déclarant :

— J'en étais sûre, cette histoire est trop grosse, trop monstrueuse pour être vraie ! C'est une fable !

Elle fut suivie par son mari qui entraîna le reste de la table, et la suite du dîner tourna autour de ce sujet. Chacun y allait de son expertise, de ses doutes qu'il avait toujours eus, les uns et les autres se persuadaient entre eux, construisant un scénario autour de mon mensonge, et au terme du repas, personne n'aurait osé reconnaître qu'il avait cru une seule seconde à l'histoire, pourtant vraie, de Dracula le Comte du pal. Le lendemain midi, grisé par mon succès de la veille, j'avais récidivé avec de nouveaux cobayes. J'étais cette fois-ci le fils d'un riche industriel américain qui détenait des usines de construction automobile à Détroit et dont l'enfance s'était déroulée dans le vacarme industriel des ateliers. J'avais corsé l'affaire en m'affublant d'un autisme profond qui m'avait fait rester muet jusqu'à l'âge de sept ans. Gagner les cœurs par un exercice de mythomanie qui touche la sensibilité de ses victimes est vraiment ce qu'il y a de plus aisé.

— Mais quel fut votre premier mot ?! s'exclama ma voisine, devant son filet de sole intact et froid.

— Pneu ! lui répondis-je avec sérieux.

— Pneu ?! répétèrent de concert mes compagnons de table.

— Oui, pneu, dis-je une nouvelle fois, c'est incroyable, non ?

— Ahhhh, mais c'est pourquoi vous avez monté des garages, tout s'explique, c'est fou tout de même le destin ! avait enchaîné ma voisine au moment où son assiette repartait en cuisine aussi pleine qu'à son arrivée.

Le reste du déjeuner fut consacré aux miracles de la vie, à la destinée de chacun, au poids de l'héritage sur l'existence de tous et j'avais savouré, avec mon cognac aux amandes, ce plaisir fou et égoïste de monopoliser, l'espace d'un instant, l'attention des gens avec des histoires aussi solides qu'un coup de vent.

J'allais prendre congé de cette belle assemblée – avant que mes folles histoires ne se télescopassent sur le mur des confrontations, autour de la piscine, où devaient se retrouver tous les invités – lorsqu'une jeune femme, la tête emplumée, en robe blanche et légère, tenant à l'extrémité de son bras ganté, le coude levé et la main inclinée, une fine et longue cigarette non allumée, se mit à danser les yeux fermés. Alors que l'autre main jouait avec un châle en lin blanc dans une frénésie de mouvements qui le transformait en partenaire de danse vivant, j'étais resté fasciné, par l'ondulation de son corps, les mouvements cadencés de sa tête remuant les plumes de sa coiffe, ce drôle de toupet qui virevoltait silencieusement. Alternant au gré des rythmes entre la grâce d'un cygne et la vivacité d'un rapace, ce spectacle m'avait laissé bouche bée et pétrifié sur place.

J'avais pensé que c'était une animation payée par la banque pour distraire les invités, une manière d'égayer un cocktail d'une banalité mortelle, distraire au mieux des gens très ennuyeux. J'avais observé ce mélange de cocotte des années folles et de Cheyenne sous l'influence du peyotl déambuler en sautillant de groupe en groupe, faire rosir les hommes de plaisir par ses poses suggestives et déranger les femmes pour les mêmes raisons. Elle s'emparait des bras des maris sans leur demander leur avis, les faisait tourner comme des

38

toupies avant de les renvoyer vers leurs épouses aigries de jalousie, retrouver leurs tristes vies. Je ne sais pas exactement combien de temps j'étais resté là, sous la tonnelle, tirant sur ma pipe et m'emparant de chaque verre que le ballet des serveurs en livrée mettait à ma portée. J'étais déjà passablement ébrieux, lorsqu'elle vint poser son regard dans mes yeux timides et probablement vitreux. Les siens étaient vert céladon, suffisamment ouverts pour avaler toute mon originalité et me faire balbutier une suite de mots d'une tragique banalité :

— Comment vous appelez-vous ?...

— J'ai chez moi une toile représentant un beau cavalier prussien accrochée au-dessus de ma cheminée, figurez-vous que vous êtes coiffé comme lui ! J'ai rencontré la terre entière et je peux assurer que plus personne ne se coiffe comme ça depuis la guerre ! Comment faites-vous pour vous faire couper les cheveux depuis que la Prusse a disparu ?

— Mes cheveux ne poussent pas, ils n'ont jamais poussé ! Sachez que je suis né avec cette fichue coupe de cheveux il y a quelques siècles déjà… Enfant, j'avais une tête de vieux mais, plus le temps passe, plus ma coiffure correspond à mon âge. Je mise énormément sur les changements de cycles de la mode pour mourir avec une coiffure dans le vent !

— Je suis sérieuse ! Vous êtes la copie conforme de ce cavalier dont je suis folle amoureuse depuis mon enfance, je me suis déjà mariée mille fois avec lui, car voyez-vous, le mariage étant le plus beau jour de la *vie, nous avons décidé de nous marier tous les jours, ainsi notre vie est un perpétuel paradis.*

— Maintenant que vous m'en parlez, je me souviens vaguement d'une campagne militaire quand j'étais dans la cavalerie… Je m'étais fait tirer le portrait après une bataille couronnée de succès. Je suis ravi d'apprendre que je suis désormais au-dessus de votre cheminée et que je vous ai déjà mille fois épousée.

— Vous vous moquez, vous vous moquez, mais c'est pourtant vrai! Pour des raisons que vous comprendrez aisément, le mariage n'est pas encore consommé, je suis donc vierge. Ce n'est pas faute de danser nue devant ma cheminée, mais mon pauvre cavalier me semble bien empoté derrière son air de fougueux guerrier!

— Vous me surprenez, je pensais qu'une danse comme la vôtre pouvait faire se dresser toute une armée! Votre militaire se comporte comme un eunuque. À ce propos, d'où vous vient ce merveilleux talent pour la danse et le mouvement?

— Vous me mettez dans l'embarras, je suis obligée de vous faire un nouvel aveu stupéfiant. Figurez-vous, mon cher ami, que mon père est le fils caché de Joséphine Baker!

— Nom de Zeus, vous me croirez ou pas, mais j'ai très bien connu Joséphine Baker, nous étions dans le même hôtel à Paris pendant la guerre.

— Ne me dites pas que Joséphine et vous… avez… enfin on se comprend?!

— Si, elle est venue se réfugier dans ma chambre

un soir de bombardements, une belle nuit d'été. La terreur, la chaleur, la proximité, nous n'avons pas pu résister.

— Doux Jésus, mais vous êtes peut-être mon grand-père ! Fêtons ça avec une ribambelle de cocktails ! avait-elle lancé, alors qu'elle tapait dans ses mains pour alpaguer un des serveurs.

Nous étions restés tout l'après-midi au même endroit, sans bouger d'un pied, nous avions l'un et l'autre rivalisé d'absurdités, de théories fumeuses et définitives avec un sérieux rieur en feignant de croire nos impostures respectives. Derrière elle j'avais vu le soleil se déplacer, entamer son lent et inéluctable cheminement vers son coucher – un instant il l'avait même couronnée – puis il était allé se réfugier derrière les rochers, ne nous distribuant joliment que le halo généreux de son astre caché. Après avoir tendu la main plusieurs fois pour m'emparer désespérément des coupes de champagne que je croyais m'être encore destinées, je m'étais résigné à me servir moi-même et puisque sa coutume exigeait de prendre deux verres à la fois, je commandais mes scotchs par paire. Cette cadence d'enfer la mena rapidement à me soumettre à un questionnaire à l'envers : elle m'affirmait le plus simplement du monde ce qu'elle voulait entendre, en assortissant ses propos d'une formule finale interrogative.

— Vous êtes ravi de m'avoir rencontrée, n'est-ce pas ?

Ou encore :

— Je ferais une magnifique épouse, vous ne croyez pas ?

Et puis :

— Je suis certaine que vous vous demandez si vous avez les moyens de sortir avec moi, je me trompe ? Mais ne vous tourmentez pas, mon cher, pour vous je ferai baisser le ticket d'entrée, je suis en solde jusqu'à minuit, profitez-en ! avait-elle scandé, comme une crieuse de marché, en gigotant son torse pour faire danser son décolleté.

J'étais donc arrivé à ce moment si particulier où l'on peut encore choisir, ce moment où l'on peut choisir l'avenir de ses sentiments. Je me trouvais désormais au sommet du toboggan, je pouvais toujours décider de redescendre l'échelle, de m'en aller, fuir loin d'elle, prétextant un impératif aussi fallacieux qu'important. Ou bien je pouvais me laisser porter, enjamber la rampe et me laisser glisser avec cette douce impression de ne plus pouvoir rien décider, de ne plus pouvoir rien arrêter, confier son destin à un chemin que vous n'avez pas dessiné, et pour finir, m'engloutir dans un bac aux sables mouvants, dorés et ouatés. Je voyais bien qu'elle n'avait pas toute sa tête, que ses yeux verts délirants cachaient des failles secrètes, que ses joues enfantines, légèrement rebondies, dissimulaient un passé d'adolescente meurtrie, que cette belle jeune femme, apparemment drôle et épanouie, devait avoir vu sa vie passée bousculée et tabassée. Je m'étais dit que c'était pour ça qu'elle dansait follement, pour oublier ses tourments, tout simplement. Je m'étais dit bêtement que ma vie professionnelle était couronnée de succès, que j'étais presque riche, que j'étais plutôt beau mâle et que je pouvais aisément trouver une épouse normale, avoir une vie rangée, tous les soirs prendre un apéritif avant le dîner et à minuit me coucher. Je m'étais dit que j'étais moi aussi légèrement frappé de folie et que je ne pouvais décemment pas m'amouracher d'une femme qui l'était totalement, que notre union s'apparenterait à celle d'un unijambiste avec une femme tronc, que cette relation ne pouvait que claudiquer, avancer à tâtons dans d'improbables directions. J'étais en train de flancher lâchement, j'avais eu peur devant ce futur brouillon, ce perpétuel tourbillon qu'elle se proposait de solder comme dans une réclame, en se dandinant avec flamme. Et puis, sur les notes d'un morceau de jazz, me passant autour du cou son étole de gaze, elle m'avait attiré vers elle, violemment, d'un coup, nous nous étions retrouvés joue contre joue. J'avais réalisé que je me posais encore des questions à propos d'un problème qui était déjà tranché, je glissais vers cette belle brune, j'étais déjà sur la rampe, je m'étais lancé dans la brume, sans même m'en rendre compte, sans avertissement, ni trompe.

— La nature m'appelle, je suis toute gonflée de cocktails, attendez-moi, ne bougez pas d'une semelle ! m'avait-elle supplié en tripotant nerveusement son long collier de perles, alors que ses genoux s'entrechoquaient impatiemment devant cette naturelle urgence.

— Pourquoi bouger ? Je n'ai jamais été à un

meilleur endroit de toute ma vie, l'avais-je rassurée le doigt levé pour qu'un serveur m'abreuve une nouvelle fois.

Et tandis que je l'observais se diriger vers les toilettes, d'une démarche pressée mais guillerette, je m'étais retrouvé nez à nez avec ma voisine de table. Elle semblait furieuse, ivre et hors d'elle, elle gesticulait, et avec son doigt me menaçait.

— Alors comme ça vous connaissez Dracula ! avait-elle hurlé, alors qu'autour des invités se rapprochaient.

— Pas exactement ! avais-je répondu complètement pris au dépourvu.

— Vous êtes autiste et vous êtes prince ! Vous venez de Hongrie, puis des États-Unis ! Vous êtes fou ! Pourquoi nous avoir menti ? avait-elle hurlé tandis que je marchais à reculons pour m'éloigner d'elle.

— Ce type est malade ! cria un homme dans l'assemblée.

— Tout ça n'est pas incompatible ! avais-je bredouillé dans le cul-de-sac de mes mensonges.

Puis, me sachant acculé, j'avais éclaté de rire, d'un rire généreux et libéré.

— Mais il est vraiment fou, il continue à se moquer de nous ! avait remarqué très justement mon accusatrice en avançant.

— Je n'oblige personne à croire à mes histoires, elles vous ont plu, vous y avez cru ! J'ai joué avec vous, vous avez perdu ! avais-je répondu, alors que je reculais dangereusement vers la piscine, avec un air malin, un verre de whisky à chaque main.

J'allais toucher le bord lorsque je vis mon interlocutrice s'envoler brusquement, décoller du sol, prendre son envol, puis, sans planer, s'enfoncer avec fracas dans l'eau chlorée.

— Je vous prie de bien vouloir ne pas m'excuser, j'en avais terriblement envie ! Cet homme est mon grand-père, l'amant de Joséphine Baker, un cavalier prussien et mon futur mari, il est tout ça à la fois, et moi je le crois !

Le temps d'un cocktail, d'une danse, une femme folle et chapeautée d'ailes, m'avait rendu fou d'elle en m'invitant à partager sa démence.

3

À l'école, rien ne s'était passé comme prévu, alors vraiment rien du tout, surtout pour moi. Lorsque je racontais ce qui se passait à la maison, la maîtresse ne me croyait pas et les autres élèves non plus, alors je mentais à l'envers. Il valait mieux faire comme ça pour l'intérêt général, et surtout pour le mien. À l'école, ma mère avait toujours le même prénom, Mademoiselle Superfétatoire n'existait plus, l'Ordure n'était pas sénateur, Mister Bojangles n'était qu'un bête disque qui tournait comme tous les disques, et comme tout le monde je mangeais à l'heure de tout le monde, c'était mieux ainsi. Je mentais à l'endroit chez moi et à l'envers à l'école, c'était compliqué pour moi, mais plus simple pour les autres. Il n'y avait pas que le mensonge que je faisais à l'envers, mon écriture aussi était inversée. J'écrivais comme «un miroir», m'avait dit l'institutrice, même si je savais très bien que les miroirs n'écrivaient pas. La maîtresse aussi mentait parfois mais elle, elle avait le droit. Tout le monde faisait des petits mensonges parce que pour la tranquillité c'était mieux que la vérité, rien que la vérité, toute la vérité. Ma mère aimait beaucoup mon écriture miroir, et quand je rentrais de l'école elle me demandait d'écrire toutes les choses qui lui passaient par la tête, de la prose, des listes de courses, des poèmes à l'eau de rose.

— C'est merveilleux, écrivez mon prénom quotidien en miroir pour voir ! disait-elle avec les yeux pleins d'admiration.

Puis elle mettait les petits papiers dans son coffret à bijoux parce que, disait-elle :

— Une écriture comme ça, c'est comme un trésor, ça vaut de l'or !

Pour que mon écriture aille dans le bon sens, la maîtresse m'avait envoyé chez une dame qui redressait les lettres sans jamais les toucher et qui, sans outil, savait les bricoler pour les remettre à l'endroit. Alors, malheureusement pour Maman, après j'étais presque guéri. Presque, parce que j'étais aussi gaucher par-dessus le marché, mais la maîtresse n'y pouvait rien, elle m'avait dit que le sort s'acharnait sur moi, que c'était comme ça, qu'avant ma naissance on attachait le mauvais bras des enfants pour les soigner, mais que cette médecine était terminée. Parfois elle faisait des mensonges qui me faisaient bien rire. La maîtresse avait une belle permanente couleur sable, comme si elle avait une tempête du désert sur la tête, je trouvais ça très beau. Elle avait aussi une bosse dans la manche, et j'avais d'abord cru que c'était une maladie, mais un beau jour de mauvais temps, alors qu'elle était enrhumée, j'avais vu la maîtresse sortir la bosse de sa manche et se moucher dedans, j'avais trouvé ça vraiment répugnant. Maman ne s'entendait pas du tout avec tempête du désert, pour l'écriture bien sûr, mais aussi parce que la maîtresse ne voulait jamais me laisser partir au paradis quand mes parents le décidaient. Elle préférait qu'on attende les vacances de tout le monde pour partir, elle disait que déjà, avec ma maladie de l'écriture, j'avais pris beaucoup de retard et que si je partais tout le temps, j'allais laisser passer beaucoup de wagons. Alors ma mère lui disait :

— Là-bas, les amandiers sont en fleur, vous ne voulez quand même pas que mon fils rate les amandiers en fleur ! C'est son équilibre esthétique que vous allez faire vaciller !

Manifestement, la maîtresse n'aimait ni les amandiers, ni les fleurs, et se foutait royalement de mon équilibre esthétique, mais on partait quand même. Ça mettait la maîtresse dans une de ces fureurs, c'était terrible, parfois ça durait jusqu'à mon retour. Et puisque c'était comme ça, j'étais bien content d'être parti.

Pour me réconcilier avec la maîtresse, je ne savais vraiment pas quoi faire, alors un jour, j'ai décidé de lui rendre service pour me faire pardonner l'écriture malade, les amandiers en fleur, et les vacances au paradis n'importe quand. Comme il se passait tout un tas de choses dans la classe quand elle avait le dos tourné et le reste face au tableau et qu'elle n'avait pas d'yeux dans le dos, j'avais décidé de devenir les yeux de son dos. Je dénonçais tout, tout le monde, tout le temps. Les lancers de boulettes en papier mâché, les bavardages, les tricheries, les jeux de colle, les grimaces, et bien plus que ça encore. La première fois, quel émoi ! Vraiment personne ne s'y attendait, alors il y a eu un gros silence gênant, la maîtresse a convoqué le lanceur de papier à la fin de la journée et a complètement oublié de me remercier. Les fois suivantes, elle avait vraiment l'air contrarié, alors elle passait ses mains dans ses cheveux sablonneux et tempétueux pour montrer qu'elle était embarrassée, et puis un jour c'est moi qu'elle a convoqué. Elle a commencé par se demander à voix haute ce que j'aurais fait en 39. Alors, je lui ai répondu en regardant mes chaussures que la question ne se posait pas, que je chaussais du 33 et que si j'avais fait du 39, j'aurais été probablement dans la classe du dessus ou même dans l'école des grands. La maîtresse se posait des questions de vendeuse de chaussures quand elle était contrariée et je m'étais dit que ce n'était plus seulement la tempête dans ses cheveux, mais aussi dans sa tête. Après elle m'a dit qu'il fallait que j'arrête de lui rendre service, que ça ne se faisait pas de rendre service comme ça. Elle ne voulait pas avoir des yeux dans le dos, c'était son choix et elle avait parfaitement le droit. Juste après, elle a sorti la bosse de sa manche et s'est mouchée avec, alors je lui ai demandé si c'était toujours le même mouchoir. Comme réponse, elle a serré sa morve très fort dans sa main en me demandant de quitter la classe en criant. En sortant dans le couloir, j'avais décrété qu'à part de la morve, il n'y avait vraiment rien à en tirer de cette maîtresse-là. Quand j'avais raconté à ma mère l'histoire des yeux dans le dos, elle avait cru que c'était ma journée imaginaire et s'était exclamée :

— La délation, quelle belle passion ! C'est parfaitement parfait mon garçon ! Grâce à vous le monde tourne rond !

Mentir à l'endroit, à l'envers, parfois je ne savais vraiment plus comment faire.

Après l'écriture, on a dû apprendre à lire l'heure sur une horloge à aiguilles, alors là, ça a été vraiment un grand malheur, parce que l'heure je la lisais déjà sur la montre de mon père avec des chiffres qui s'allumaient la nuit ; mais sur l'horloge à aiguilles qui ne s'allumait ni le jour, ni la nuit, c'était impossible pour moi. Certainement un problème de lumière, m'étais-je dit. Ne pas réussir à lire l'heure c'était compliqué, mais ne pas réussir à lire l'heure devant tout le monde, c'était encore plus compliqué. Durant des semaines entières, il y eut des horloges sur tous les polycopiés didactiques, aux relents chimiques. Et pendant ce temps-là, les wagons passaient, constatait l'institutrice.

— Si tu ne sais pas lire l'heure, tu vas carrément rater tout le train ! avait-elle dit pour faire rire les autres enfants sur mon dos.

Elle avait encore convoqué ma mère pour lui parler de mes problèmes de transport en oubliant totalement de lui parler de la pointure de mes chaussures. Alors ma mère, qui avait aussi des problèmes d'horloge, s'était énervée et lui avait rétorqué :

— Mon fils sait déjà lire l'heure sur la montre de son père, c'est bien suffisant ! A-t-on déjà vu des agriculteurs apprendre à labourer avec un cheval de trait après l'invention du tracteur, ça se saurait !

C'était une réponse de bon sens mais, a priori, pour la maîtresse, ça n'allait pas dans la bonne direction. Elle répondit à ma mère en hurlant qu'on était une famille de cinglés, qu'elle n'avait jamais vu ça, et qu'à l'avenir elle me laisserait comme ça, au fond de la classe sans plus s'occuper de moi.

Le midi même, quelques secondes après la sonnerie, tandis que le tic-tac de papier exigeait d'être déchiffré, les yeux tournés vers la fenêtre, de ses yeux ébahis, notre fils vit, soulagé, laissant le préau embrumé par les fumées dispersées de sa locomotive, s'évanouir à allure vive, le petit train de l'autre vie.

Après m'avoir retiré de l'école, mes parents me disaient souvent qu'ils m'avaient offert une belle retraite anticipée.

— Tu es certainement le retraité le plus jeune du monde ! disait mon père avec ce rire d'enfant qu'ont parfois les grands, du moins mes parents.

Ils avaient l'air enchanté de m'avoir toujours à leurs côtés, et moi je n'étais plus angoissé à cause de ces wagons qui passaient et de ces trains toujours ratés. J'avais quitté sans regret ma classe, mon institutrice à la coiffure tourmentée et son faux cancer de la manche. Afin de m'instruire, mes parents ne manquaient pas d'idées. Pour les mathématiques, ils me déguisaient avec des bracelets, des colliers, des bagues, qu'ils me faisaient compter pour les additions, et après ils me faisaient tout enlever jusqu'au caleçon pour les soustractions. Ils appelaient cela « le chiffre-tease », c'était d'un tordant. Pour les problèmes, Papa me mettait en situation, disait-il. Il remplissait la baignoire, enlevait des litres, avec une bouteille, une demi-bouteille et me posait une foultitude de questions techniques. À chaque mauvaise réponse il me vidait la bouteille sur la tête. C'était souvent une grande fête aquatique ces cours de mathématiques. Ils avaient inventé un répertoire de chansons pour la conjugaison, avec une gestuelle pour les pronoms personnels, et j'apprenais ma leçon sur le bout des doigts, en dansant de bon cœur la chorégraphie du passé composé. Le soir, j'allais leur lire les histoires qu'on avait inventées et couchées sur papier dans la journée ou faire les résumés des histoires déjà écrites par les grands classiques.

L'avantage avec ma retraite anticipée, c'est qu'on pouvait partir en Espagne sans attendre tout le monde, et parfois ça nous prenait comme une envie de faire pipi, en quand même un peu plus long à préparer. Le matin, Papa disait :

— Henriette, faisons les valises, ce soir je veux prendre l'apéritif sur le lac !

Alors on jetait des milliards de choses dans les valises, ça volait dans tous les sens. Papa hurlait :

— Pauline, où sont mes espadrilles ?

Et Maman répondait :

— À la poubelle, Georges ! C'est encore là qu'elles vous vont le mieux !

Et Maman lui lançait :

— Georges, n'oubliez pas votre bêtise, on en a toujours besoin !

Et mon père répondait :

— Ne vous en faites pas, Hortense, j'ai toujours un double sur moi !

On oubliait toujours des trucs, mais on était souvent pliés en quatre pour faire nos bagages, en deux temps trois mouvements.

Là-bas, c'était vraiment très différent, la montagne aussi était pliée en quatre. Avec la neige de l'hiver, en névés au sommet ; le roux et le marron de l'automne en dessous, sur les terres sèches et les rochers ; les couleurs fruitières du printemps sur les terrasses ; et la chaleur, les senteurs de l'été, étouffées près du lac dans la vallée. Papa disait qu'avec une montagne comme celle-là, je pouvais dévaler toute une année en moins d'une journée. Comme nous partions quand ça nous chantait, nous allions souvent chanter quand les amandiers étaient en fleur et nous partions quand celles des orangers finissaient de tomber. Entre-temps on faisait des tours de lac, des bronzettes sans gras sur nos serviettes, des barbecues géants, on recevait des gens qui buvaient des apéritifs avec mes parents. Le matin, avec le reste des verres, je me faisais des salades de fruits qui débordaient du saladier. Les invités s'exclamaient que c'était vraiment la fiesta tout le temps, et Papa répondait que la vie c'était bon comme ça.

Pendant ses grandes vacances parlementaires, l'Ordure venait nous rendre visite, il disait que les sénateurs c'était comme les enfants, ils avaient besoin d'énormément de repos. Pour montrer qu'il était en vacances, il mettait un beau chapeau de paille et restait toute la journée torse nu, ce qui était impressionnant compte tenu de la taille de son ventre très dodu et de tous les poils dessus. Il restait assis à longueur de temps sur la terrasse à regarder la vue, à manger, à boire des fruits. Le soir venu, il criait le nom de sa petite amie et ça résonnait dans toute la vallée : « Caïpirowska aa aaaa aa!» Il prétendait que sa vie serait pleinement réussie quand il arriverait à faire tenir une assiette et des couverts sur son ventre, alors il mangeait et buvait tout le temps, il se donnait vraiment tous les moyens de réussir sa vie. Au début du séjour, avec le soleil, il devenait beaucoup plus rouge que d'habitude, Papa disait que «ça dépassait l'entendement», qui devait être, selon moi, un rouge très puissant, difficile à dépasser sur le nuancier, et puis au fil de ses grandes vacances parlementaires le sénateur devenait complètement marron. Quand il roupillait, j'adorais regarder son ventre suer, il y avait toujours de minuscules rivières qui coulaient entre ses poils pour finir dans son nombril. Avec l'Ordure on se tapait de bonnes «bavettes». Il avait inventé ce jeu spécialement pour moi. Je m'installais en face de lui, on ouvrait grand notre bouche et on devait s'y envoyer des olives aux anchois ou des amandes salées. Il fallait viser juste parce que l'anchois dans les yeux ça pique, et le sel aussi. Comme ça durait longtemps on finissait toujours par baver énormément.

Quand Papa écrivait, l'Ordure nous accompagnait dans la montagne, Maman et moi. Ça commençait toujours pareil, il marchait loin devant, en disant qu'il avait l'habitude avec ses souvenirs de l'armée, mais nous le rattrapions quand ses souvenirs s'éloignaient et puis nous le laissions derrière quand il n'avait plus de souvenirs du tout et qu'il coulait de partout. Alors on le laissait sur un rocher, et nous allions manger des asperges sauvages, des figues de barbarie, cueillir du thym, du romarin, des pignons de pin et on le récupérait plus tard en descendant, quand il avait complètement séché. Il lui arrivait d'être sérieux, par exemple lorsqu'il me donnait des conseils pour ma vie future. Il y en a un qui m'avait beaucoup marqué car «frappé au coin du bon sens», disait-il pour en souligner la logique et l'importance.

— Mon petit, dans la vie, il y a deux catégories de personnes qu'il faut éviter à tout prix. Les végétariens et les cyclistes professionnels. Les premiers, parce qu'un homme qui refuse de manger une entrecôte a certainement dû être cannibale dans une autre vie. Et les seconds, parce qu'un homme chapeauté d'un suppositoire qui moule grossièrement ses bourses dans un collant fluorescent pour gravir une côte à bicyclette n'a certainement plus toute sa tête. Alors, si un jour tu croises un cycliste végétarien, un conseil mon bonhomme, pousse-le très fort pour gagner du temps et cours très vite et très longtemps !

Je l'avais beaucoup remercié pour ses conseils philosophiques.

— Les ennemis les plus dangereux sont ceux qu'on ne soupçonne pas ! avais-je déclaré reconnaissant.

Il venait peut-être de me sauver la vie et, rien que pour cette raison, j'avais trouvé que ça méritait d'être frappé au coin du bon sens.

Pour l'anniversaire de Maman, tandis que mon père et l'Ordure partaient en barque tôt le matin préparer un feu d'artifice sur le lac, nous allions de notre côté faire le marché, acheter des bouteilles, du jambon, de la paella, des sépias entiers, des sépias ronds comme des bracelets, des bougies, des glaces, des gâteaux et encore des bouteilles. À notre retour, Maman me demandait de lui raconter des histoires extraordinaires pendant qu'elle cherchait la bonne tenue pour sa soirée d'anniversaire. À chaque fois ça durait des heures, elle enfilait ses vêtements, me demandait mon avis, qui était toujours positif, puis elle demandait l'avis du miroir qui remportait à chaque fois le jugement dernier car, disait-elle :

— Le miroir est plus objectif, il juge vraiment, parfois cruellement, mais sans mettre d'affectif.

Alors elle se changeait à nouveau, faisait tournoyer ses vêtements, dansait en sous-vêtements, trouvait que c'était parfaitement parfait mais pas totalement, et encore recommençait, en remettant les mêmes vêtements mais dans un ordre différent. Du lac nous parvenait le son saccadé des préparatifs, des rires, des cris, parfois des hurlements :

— Pas comme ça, l'Orduu-uu-uuure ! disait l'écho de Papa.

— On va coule-eeeeer ! lui répondait celui de l'Ordure.

— Arrête de gigote-ee-eeeer ! suppliait mon père.

— Santé-éééééé ! chantaient-ils en chœur.

Comme par enchantement, Maman trouvait les bons vêtements quelques minutes avant l'arrivée des invités, à chaque fois c'était vraiment bluffant. Le temps de repeindre ses lèvres, de peigner ses longs cils et elle accueillait les gens avec la grâce naturelle de celle qui s'est réveillée comme ça. Son allure parfaite aussi était un mensonge, mais quel splendide mensonge. En attendant que la nuit tombe, sur la terrasse drapée de blanc, les gens buvaient en se complimentant sur leur bronzage, leur tenue, leur épouse, et se félicitaient de ce temps incroyable dont pourtant ils n'étaient pas responsables. Mademoiselle Superfétatoire, habillée d'un collier en piécettes sur mesure, déambulait entre les convives avec snobisme, et n'hésitait pas à picorer des bouts de seiche grillée en éclaboussant d'huile d'olive les pantalons trop proches d'elle. Puis, lorsque le dernier quartier ensoleillé disparaissait derrière le sommet de la montagne, Bojangles retentissait, porté dans l'atmosphère par la voix douce et chaude de Nina Simone et l'écho de son piano. C'était tellement beau que tout le monde se taisait pour regarder Maman pleurer en silence. D'une main, j'essuyais ses larmes, et de l'autre je tenais les siennes. C'est souvent dans ses yeux que je voyais les premiers feux exploser après le sifflement du décollage. Les premiers bouquets dispersant leurs couleurs dans le ciel prenaient la direction opposée en se reflétant dans le lac. Ces feux d'artifice siamois laissaient tout le monde bouche bée, pantois, puis, petit à petit, les applaudissements se faisaient entendre ; timides comme des clapotis au départ pour ne rien troubler, ils ne cessaient de s'amplifier pour se mêler avec les pétarades colorées. Ça grondait, ça claquait, ça crépitait, ça s'effilochait doucement avant de repartir de plus belle. Au dernier coup de canon, celui qui filait le plus haut, le plus loin, le plus fort, lorsque les paillettes de feu se dispersaient en tombant lentement vers la couverture étoilée du lac, Maman me susurrait :

— He jumped so high, he jumped so high, then he lightly touched down.

Alors nous allions danser.

4

— *Ne me dites pas que vous allez encore travailler !*
Mais vous allez vous tuer à la tâche, mon pauvre
ami ! Quel jour sommes-nous ? avait-elle gémi avant
de délaisser son oreiller pour m'agripper.

— *Mercredi Eugénie, nous sommes mercredi et je*
travaille toujours le mercredi, comme tous les jours
de la semaine d'ailleurs, répondis-je comme tous les
matins, en me laissant accrocher bien volontiers par
son corps tiède et câlin.

— *Ah oui, c'est vrai, vous travaillez toujours le*
mercredi, mais rassurez-moi, ça ne va pas durer toute
la vie ces âneries ?

— *Si, je le crains, vous l'ignorez peut-être mais*
c'est le pain quotidien de beaucoup d'humains ! avais-
je répondu, puis avec mes doigts j'avais essayé de
remonter ses sourcils grognons et froncés.

— *Alors expliquez-moi pourquoi le petit voisin du*
dessous ne travaille jamais le mercredi, lui ? avait-elle
demandé en se hissant sur moi pour plonger ses yeux
interrogateurs au plus profond des miens.

— Car c'est un enfant, chère amie, et les enfants ne travaillent pas le mercredi !

— J'aurais dû épouser un enfant plutôt que mon grand-père, ma vie aurait été beaucoup plus sympathique, du moins le mercredi, s'était-elle désolée avant de se laisser retomber sur le côté.

— Oui j'imagine, mais c'est mal, très mal. D'ailleurs c'est interdit par la loi et la morale.

— Oui, mais au moins les enfants s'amusent le mercredi, alors que moi je vous attends et je m'ennuie ! Et pourquoi le monsieur du premier étage lui non plus ne travaille jamais ? Je le vois tous les jours sortir ses poubelles à midi quand je rentre de l'épicerie. Il descend ses poubelles, les yeux chassieux et les cheveux en bordel ! Il est toujours habillé avec son costume de sport, alors qu'il ne doit pas en faire beaucoup, car il est gras et rond comme un cochon. Ne me dites pas que c'est un enfant lui aussi ou je vais vraiment croire que vous me prenez pour une abrutie !

— Non, le monsieur du premier étage c'est différent, il est au chômage, et j'imagine qu'il aimerait bien travailler le mercredi lui aussi.

— C'est bien ma veine, j'ai donné ma main au seul pékin qui travaille le mercredi, psalmodia-t-elle avec un air affligé, sa main posée sur ses yeux fermés, pour se cacher de cette horrible réalité.

— Si vous voulez vous occuper, j'ai bien une idée…

— Je vous vois venir avec vos sordides idées, vous voulez que je me mette à travailler ! Je vous ai déjà

dit qu'une fois j'ai essayé. Je m'en souviens parfaitement bien, c'était un jeudi matin.

— Oui, je sais, moi aussi, je m'en souviens parfaitement. Vous avez travaillé chez un fleuriste, et vous
avez été renvoyée car vous refusiez de faire payer les
bouquets !

— Mais enfin, dans quel monde vivons-nous ? On
ne vend pas les fleurs, les fleurs c'est joli et c'est gra-
tuit, il suffit de se pencher pour les ramasser. Les
fleurs c'est la vie, et à ce que je sache on ne vend pas
la vie ! Et puis je n'ai pas été renvoyée, je suis partie
toute seule, de mon propre chef, j'ai refusé de participer à cette escroquerie généralisée. J'ai profité de la
pause du déjeuner, et je suis partie avec le plus gros et
beau bouquet jamais confectionné dans le monde
entier.

— C'est tout à votre honneur de réussir à allier vos
valeurs avec un comportement de voleur. Il y avait
déjà Robin des bois, moi j'ai épousé Rapine des fleurs !
Mais je me disais que si vous refusiez l'emploi, vous
pourriez au moins aider le voisin à en trouver un…
Notre carnet d'adresses déborde de gens importants,
ainsi je ne serais plus le seul pékin de l'immeuble à
travailler le mercredi.

— Mais c'est une merveilleuse idée, je vais organi-
ser un déjeuner pour aider notre voisin à trouver
l'emploi ! Ce sera le grand déjeuner de l'emploi. Mais
avant ça, je vais l'emmener s'acheter un costume et
des souliers, on ne peut pas décemment trouver
l'emploi avec des habits de sport tout troués, et des
claquettes en plastique aux pieds ! avait-elle scandé,

avant de transformer le lit en trampoline. Sauts de cabris, applaudissements, euphorie. Dans le meilleur des cas.

Depuis notre pétaradante rencontre, elle faisait toujours mine d'ignorer la réalité d'une façon charmante. Du moins, je faisais mine de croire qu'elle le faisait exprès, car c'était chez elle si naturel. Après l'épisode de la piscine, nous avions fui le palace, laissant derrière nous notre farce, une assemblée outrée et une pauvre mégère en train de se noyer. Nous avions conduit toute la nuit en chantant des ploufs et des glouglous, en riant comme des fous.

— Roulez plus vite sinon vos mensonges vont nous rattraper ! hurlait-elle, debout, les bras levés dans l'automobile décapotée.

— Je ne peux pas, le compteur est au plus haut et l'aiguille au plus bas, si nous continuons comme ça nous allons nous écraser contre votre folie !

À l'entrée du village du Paradou, au milieu des Alpilles, l'automobile s'était mise à chevroter lamentablement comme pour implorer notre pitié, puis elle avait définitivement calé devant une chapelle aux portes rouges fatiguées et aux ferronneries rouillées.

— Allons nous marier tout de suite, sinon après nous allons oublier ! s'était-elle exclamée en sautant au-dessus de la portière avec une maladresse touchante mais fière.

Nous nous étions mariés, sans témoin, sans prêtre, en formulant mille prières inventées. Devant l'autel, nous avions chanté en tapant dans nos mains comme

*dans les mariages noirs américains. Sur le perron,
nous avions dansé sur l'air que le transistor de l'auto
laissait s'échapper, un beau morceau de Nina
Simone, un morceau qui résonne encore, à toute heure
de la nuit et du jour.*

*Son comportement extravagant avait rempli toute
ma vie, il était venu se nicher dans chaque recoin, il
occupait tout le cadran de l'horloge, y dévorant
chaque instant. Cette folie, je l'avais accueillie les bras
ouverts, puis je les avais refermés pour la serrer fort et
m'en imprégner, mais je craignais qu'une telle folie
douce ne soit pas éternelle. Pour elle, le réel n'existait
pas. J'avais rencontré une Don Quichotte en jupe et
en bottes, qui, chaque matin, les yeux à peine ouverts
et encore gonflés, sautait sur son canasson, frénétiquement lui tapait les flancs, pour partir au galop à
l'assaut de ses lointains moulins quotidiens. Elle avait
réussi à donner un sens à ma vie en la transformant
en un bordel perpétuel. Sa trajectoire était claire, elle
avait mille directions, des millions d'horizons, mon
rôle consistait à faire suivre l'intendance en cadence,
à lui donner les moyens de vivre ses démences et de ne
se préoccuper de rien. Lorsqu'en Afrique, nous avions
aperçu une grue blessée sur le bord d'un sentier, elle
avait souhaité la garder pour la soigner. Nous avions
dû prolonger notre séjour d'une dizaine de jours, puis
une fois l'oiseau guéri, elle avait voulu le ramener à
Paris, mais elle n'avait pas compris qu'il faille obtenir
des certificats, les couvrir de tampons, de signatures,*

remplir des montagnes de formulaires pour passer la frontière.

— Pourquoi toutes ces dingueries ? Ne me dites pas qu'à chaque fois que cet oiseau survole les frontières, il doit remplir ce formulaire et qu'il doit se coltiner tous ces fonctionnaires ! Même la vie des oiseaux est un calvaire ! avait-elle vociféré, exaspérée, pendant qu'elle matraquait de coups de tampon le bureau du vétérinaire.

Une autre fois, lors d'un dîner, alors qu'un invité, qui n'avait rien demandé, lui expliquait gentiment que l'expression un château en Espagne était synonyme de chimère, avec du défi dans ses yeux verts, elle lui avait donné rendez-vous un an plus tard dans un château espagnol pour y boire l'apéritif

— Dans un an pile poil, nous boirons le champagne dans notre château en Espagne ! Et je peux vous assurer que c'est vous qui le paierez !

Pour gagner son pari, nous avions dû nous envoler vers les Costas méditerranéennes tous les week-ends suivants, avant de mettre la main sur une immense maison surmontée d'une tourelle crénelée nommée paresseusement « el castel » par les habitants du village d'à côté. Cette vie-là exigeait une exclusivité pleine et entière, alors quand je lui avais enfin offert l'enfant que chaque matin elle commandait, je savais bien qu'un jour il faudrait me séparer de mes garages, tout liquider, pour me consacrer totalement à ma charge. J'étais conscient que sa folie pouvait un jour dérailler, ce n'était pas certain mais, avec un enfant, mon devoir était de m'y préparer, il ne s'agissait plus désor-

mais de mon seul destin, un bambin y serait mêlé, le compte à rebours était peut-être lancé. Et c'est sur ce « peut-être » que tous les jours nous dansions et faisions la fête.

5

C'est quelque temps après un de ses anniversaires que Maman commença sa métamorphose.

C'était à peine visible à l'œil nu, mais il y avait un changement d'air, d'humeur autour d'elle. Nous n'avons rien vu, seulement senti. Sur elle, il y avait de petits riens, dans ses gestes, le clignement de ses cils, ses applaudissements, un tempo différent. Au début, pour ne pas mentir, nous n'avons rien vu, seulement ressenti. Nous nous étions dit que son originalité continuait à monter les escaliers, qu'elle avait atteint un nouveau palier. Et puis, elle s'est mise à s'énerver plus régulièrement, ça durait plus longtemps, mais rien d'alarmant. D'ailleurs, elle dansait toujours aussi souvent, certes avec plus d'abandon et d'emballement, mais rien de préoccupant. Elle buvait un peu plus de cocktails, parfois au réveil, mais l'heure, la dose, c'était sensiblement toujours pareil, ça ne changeait pas l'ordre des choses. Alors, nous avons continué notre vie, nos fêtes, nos voyages au paradis.

Voici ce qu'écrivait mon père pour raconter ce qui s'était passé.

C'était la sonnerie de la porte qui avait révélé la nouvelle nature de ma mère. Ou plutôt celui qui avait sonné. Avec ses joues creuses, son teint particulier que seul peut donner le travail de bureau, et un sens du devoir qui avait déteint sur sa gabardine, l'inspecteur des impôts et de la fiscalité avait expliqué à mes parents qu'ils avaient oublié de payer depuis très longtemps, tellement longtemps qu'il avait un gros dossier sous le bras, parce que sa mémoire ne suffisait pas. Alors mon père avait bourré sa pipe en souriant, puis était allé chercher un chéquier dans le meuble de l'entrée, celui au-dessus duquel le tableau du cavalier était posé. Mais la pipe de Papa tomba au moment où l'homme de l'impôt annonça le montant, plus les poussières pour les retardataires. Rien que les poussières c'était gigantesque, alors le montant c'était renversant. Physiquement renversant, car Maman commença à pousser furieusement l'homme des impôts qui tomba une première fois. Alors Papa essaya de la calmer, puis il releva vigoureusement les impôts par la manche en s'excusant platement, mais sans se dégonfler. Mais le monsieur des impôts s'emballa en bégayant :

— Il va falloir payer maintenant ! C'est bon pour la société de payer ses, ses, ses... ses im, im, im, pots! Vous vous vous... vous êtes bien contents de les utiliser les ronds-points! Vous êtes des profiteurs sans, sans... sans scru, scru, pule!

Alors Maman lui répondit avec des hurlements d'une férocité inédite :

— Espèce de gougnafier, vous nous insultez en plus de ça! Nous, monsieur, nous n'allons jamais sur les ronds-points, nous ne sommes pas des gens comme ça! Les trottoirs peut-être, les ronds-points jamais! Et puis, si c'est si bon de payer des impôts, faites-vous plaisir! Vous n'avez qu'à payer les nôtres!

Tandis que Papa essayait de rallumer sa pipe en observant ma mère d'un air perplexe, elle s'empara du parapluie à côté de la porte, l'ouvrit, et s'en servit pour chasser les impôts hors de l'appartement. En reculant sur le palier, le monsieur des impôts cria :

— Vous allez le payer cher ça aussi, vous allez tout payer! Votre vie va devenir un enfer!

Alors ma mère, se servant de son parapluie comme d'un bouclier, fit dévaler les escaliers au porte-glaive de la fiscalité qui s'accrochait à la rampe en grognant vaillamment. Il tombait, se raccrochait, dérapait, se rattrapait. Maman mit son sens du devoir à rude épreuve. Un court instant, j'ai même pu apercevoir sa longue carrière défiler dans son regard rouge et obstiné. Au moment où Papa réussit à la stopper en la prenant dans ses bras, elle avait fait descendre l'impôt de plusieurs paliers déjà. Et, après deux rappels menaçants par l'interphone, le monsieur des impôts et de la fiscalité s'en alla chercher de l'argent pour ses ronds-points ailleurs, chez d'autres gens. Après avoir beaucoup ri tous les trois, Papa demanda :

— Mais voyons Hortense, que vous est-il arrivé ? Qu'est-ce qui vous a pris ? Maintenant nous allons avoir de gros ennuis…

— Mais les ennuis nous les avons déjà, mon pauvre Georges ! Oui, parce que vous êtes pauvre, Georges, maintenant. Nous sommes tous pauvres ! C'est d'un commun, d'un banal, d'une tristesse… Il va falloir vendre l'appartement, alors vous vous demandez ce qui m'a pris ? Mais voyons, Georges, ils nous ont tout pris. Ils vont tout nous prendre ! Tout, nous n'avons plus un sou… avait-elle répondu. Puis elle regarda fébrilement autour d'elle pour s'assurer que l'appartement était encore réel.

— Mais non Hortense, nous n'avons pas tout perdu, nous allons trouver une solution. Déjà, à l'avenir, il faudra ouvrir le courrier, ça peut toujours servir ! déclara mon père les yeux en direction du tas de papier, avec dans la voix, comme un soupçon de regrets administratifs.

— Pas Hortense ! Pas aujourd'hui ! On m'a même volé mon vrai prénom, je n'ai même plus de prénom… sanglota-t-elle tout en se laissant tomber sur la montagne de courrier.

— La vente de l'appartement couvrira bien

plus que notre dette, il nous reste le château en Espagne, ce n'est pas le bagne, non plus. Et puis je pourrais me remettre à travailler…

— Certainement pas, moi vivante, jamais vous ne retravaillerez ! Vous m'entendez ! Jamais ! avait-elle crié avec hystérie tandis qu'elle brassait les lettres, comme un bébé mécontent et sujet au désespoir le fait avec l'eau de la baignoire. Je ne peux pas passer mes journées à vous attendre, je ne peux pas vivre sans vous ! Votre place est avec nous deux… Pas une seconde, surtout pas une journée ! D'ailleurs je me demande bien comment font les autres pour vivre sans vous, chuchota-t-elle, la voix brisée en sanglot, passant d'une colère lourde, à une tristesse sourde en quelques syllabes seulement.

Le soir, dans ma chambre, en contemplant les deux lits dont j'allais devoir me séparer, je m'étais demandé pourquoi le sénateur ne m'avait pas mis en garde aussi contre les hommes des impôts. Et si celui-ci avait été végétarien et cycliste ? Je n'avais pas même osé l'envisager. Nous avions peut-être échappé à bien pire, avais-je constaté avec un frisson d'effroi, avant de transpercer Claude François de fléchettes, avec précision, mais sans joie.

Avec les commissions de recours et en appelant l'Ordure à notre secours, nous avions gagné du temps. La vente de l'appartement et le déménagement ne s'étaient pas faits immédiatement. Après son choc fiscal, ma mère avait retrouvé son comportement d'avant. Enfin presque. Parfois lors des dîners, elle était prise de fous rires interminables et finissait recroquevillée sous la table, en applaudissant sur le parquet. En fonction des invités ou des sujets abordés, la tablée joignait ses rires au sien, ou bien ne disait rien, ne riait pas, ne comprenait pas. Dans ces cas-là, Papa la relevait en lui susurrant des mots apaisants, en essuyant tendrement, sur son visage, les coulées sauvages de son maquillage. Il l'emmenait dans leur chambre et y restait le temps qu'il fallait. Parfois ça durait si longtemps que les invités partaient, pour ne pas déranger. Elle avait de drôles de fous rires malheureux.

Le problème avec le nouvel état de Maman, c'était que, comme disait Papa, on ne savait jamais sur quel pied danser. Dans ce domaine-là, nous pouvions le croire sur parole car c'était une parole d'expert. Pendant des semaines entières, elle n'était prise d'aucun fou rire triste, d'aucune colère, suffisamment longtemps pour qu'on oublie ses égarements, ses mauvaises manières. Durant ces périodes, elle nous semblait plus adorable que jamais, même plus formidable qu'avant, ce qui n'était pas aisément faisable, mais elle y parvenait brillamment.

Le problème avec le nouvel état de Maman, c'est qu'il n'avait pas d'agenda, pas d'heure fixe, il ne prenait pas rendez-vous, il débarquait comme ça, comme un goujat. Il attendait patiemment qu'on ait oublié, repris notre vie d'avant, et se présentait sans frapper, sans sonner, le matin, le soir, pendant le dîner, après une douche, au milieu d'une promenade. Dans ce cas-là, nous ne savions jamais quoi faire et comment le faire, pourtant, au bout d'un moment, nous aurions dû avoir l'habitude. Après les accidents, il y a des manuels qui expliquent les premiers soins, ceux qui sauvent, mais là, il n'existait rien. On ne s'habitue jamais aux choses comme ça. Alors à chaque fois, avec Papa, nous nous regardions comme si c'était la première fois. Dans les premières secondes en tout cas, après on se souvenait et nous regardions autour de nous pour voir d'où pouvait bien venir cette nouvelle rechute. Elle ne venait de nulle part et c'était bien ça le problème.

Nous aussi, nous avons eu notre lot de fous rires tristes. Lors d'un dîner durant lequel un invité n'arrêtait pas de dire « je parie mon slip » à chaque fois qu'il affirmait quelque chose, nous avons vu Maman se lever, remonter sa jupe, baisser sa culotte, l'enlever et la jeter au visage du parieur, pile-poil sur le nez. La culotte avait volé, traversé la table en silence et atterri sur son nez. C'était arrivé comme ça, pendant le dîner. Après un court silence, une dame s'exclama :

— Mais elle perd la tête !

Ce à quoi ma mère lui répondit, après avoir vidé d'un trait son verre :

— Non madame, je ne perds pas la tête, dans le pire des cas je perds ma culotte !

C'est l'Ordure qui nous sauva du désastre. En se mettant à rire très fort, il entraîna toute la table derrière lui, et le début de drame se transforma en une simple anecdote de culotte volante. Sans le rire de l'Ordure, personne n'aurait ri, c'est sûr. Comme les autres, Papa avait pleuré de rire, mais en se cachant le visage.

Une autre fois, un matin, à l'heure de mon petit-déjeuner, alors que mes parents ne s'étaient pas couchés, que certains danseurs sévissaient encore dans le salon, en produisant de drôles de sons, que l'Ordure dormait sur la table de la cuisine, le nez sur son cigare et le cigare recroquevillé dans un cendrier, que Mademoiselle Superfétatoire faisait la tournée des dortoirs pour réveiller les évadés de la soirée, je vis ma mère sortir nue de la salle de bains, perchée sur des chaussures à talons. Seule la fumée de sa cigarette habillait inégalement son visage par instants. En cherchant ses clefs sur le meuble de l'entrée, elle annonça très naturellement à mon père qu'elle partait chercher des huîtres et du muscadet frais pour les invités.

— Mais couvrez-vous, Elsa, vous allez prendre froid, lui avait-il dit en souriant soucieusement.

— Vous avez complètement raison, Georges,

que ferais-je sans vous ! Je vous aime, le savez-vous ? répondit-elle avant de s'emparer d'une chapka sur le portemanteau. Naturellement.

Puis elle disparut en précédant, d'un court instant, le vacarme de la porte claquée par le vent. Avec mon père, nous l'avions observée du balcon, marcher d'un pas impérial, le menton conquérant, ignorant les regards, domptant les trottoirs, jetant d'une pichenette sa cigarette, essuyant ses souliers sur le paillasson, avant de rentrer chez le poissonnier. Durant tout le temps qu'elle passa dans la boutique, mon père lui répondit avec retard, en chuchotant, les yeux voilés :

— Je sais bien que vous m'aimez, mais que vais-je faire de cet amour fou ? Que vais-je faire de cet amour fou ?

Puis, lorsque Maman sortit de la boutique en souriant vers nous comme si elle l'avait entendu, un plateau d'huîtres dans un bras et deux bouteilles coincées sur ses seins dans l'autre, il soupira :

— Quelle merveille… Je ne peux pas m'en priver… Certainement pas… Cette folie m'appartient aussi.

Parfois, elle se lançait dans de folles entreprises avec un enthousiasme surprenant. Puis l'enthousiasme s'évanouissait, les entreprises aussi, seules les surprises demeuraient. Lorsqu'elle commença à écrire son roman, elle commanda des cartons entiers de crayons, de papier, une encyclopédie, un grand bureau, une lampe. Tour à tour, elle installa son bureau devant chaque fenêtre, pour l'inspiration, puis devant un mur pour la concentration. Mais une fois assise, n'ayant ni concentration, ni inspiration, elle se mettait en colère, jetait le papier en l'air, cassait les crayons, tapait le bureau de ses paumes, et éteignait la lumière. Son roman avait pris fin avant même qu'un début de phrase ne soit griffonné sur sa tonne de papier. Plus tard, elle entreprit de repeindre l'appartement afin de lui donner plus de valeur pour les futurs acheteurs. Elle commanda des pots de peinture jusqu'à plus soif. Des pinceaux, des rouleaux, des produits toxiques, un escabeau, une échelle, du scotch et des rouleaux de papier plastique pour protéger le parquet, les meubles, les soubassements. Puis, après avoir recouvert tout l'appartement de plastique et essayé toutes les couleurs de peinture, par petites touches, sur tous les murs, elle abandonna en disant que ça ne servait à rien, que de toute manière tout était perdu, qu'avec ou sans peinture il serait vendu. Pendant des semaines, notre appartement ressembla à un immense congélateur rempli de produits sous vide et froids. À chaque fois, Papa essayait de la raisonner, mais elle faisait tout avec un tel naturel, le regardait sans voir où était le problème, qu'il abandonnait et observait impuissant son épouse s'évanouir avec ses projets inconséquents. Le problème c'est qu'elle perdait complètement la tête.

Bien sûr, la partie visible restait sur ses épaules, mais le reste, on ne savait pas où il allait. La voix de mon père n'était plus un calmant suffisant.

C'est lors d'un après-midi banal et commun que notre vie partit en fumée. Une fumée anthracite et chimique. Alors que mon père et moi étions allés faire des courses sans importance, du vin, des produits d'entretien, du pain, de simples courses d'intendance, il voulut absolument se rendre chez le fleuriste préféré de Maman.

— Madeleine adore ses compositions, il n'est pas tout près, mais son bonheur vaut bien le détour !

Et le détour fut long, les embouteillages, la clientèle nombreuse et pointilleuse, notre recherche méticuleuse, la composition harmonieuse, de nouveau les embouteillages, l'emplacement dans le parking, et, dans notre rue, un nuage. De la fenêtre de notre salon, au quatrième étage, s'échappait une colonne de fumée épaisse et grise, escortée de flammes virulentes, qu'essayaient de noyer deux pompiers, perchés sur leur échelle géante. Avant de pouvoir se rapprocher du camion et du vacarme des sirènes, il fallut traverser la foule compacte de curieux, qui se montra agacée d'être ainsi dérangée, par des hurlements et des coups de coudes, dans son activité :

— On se calme ! On ne bouscule pas, gamin, de toute manière c'est trop tard, y a plus rien à voir ! me conseilla sèchement un vieux qui me bloquait avec son bras, alors que j'essayais de le pousser pour avancer.

Il accepta finalement de me laisser passer, en hurlant, pour que je lâche son pouce d'entre mes dents.

— Oh des fleurs ! Vous êtes charmants ! s'exclama Maman allongée sur une civière et recouverte d'une couverture de papier doré.

Son visage peinturluré de noir, de gris, de poussières blanches n'avait pas l'air inquiet.

— Tout est réglé mes amours, j'ai brûlé tous nos souvenirs, c'est toujours ça qu'ils ne pourront pas saisir ! Oulalala ça chauffait là-dedans, mais bon, c'est fini maintenant ! déclara-t-elle alors qu'elle effectuait une chorégraphie confuse avec ses mains, contente d'elle.

Sur ses épaules découvertes se trouvaient collées des boules de plastique brûlé.

— C'est fini maintenant, c'est fini maintenant, lui répétait mon père qui ne savait vraiment pas quoi faire d'autre que de lui nettoyer le front et l'interroger du regard, sans lui poser de question, sans lui donner de prénom.

Moi non plus, je ne savais pas quoi dire, alors je ne lui disais rien, en me contentant de picorer doucement ses mains charbonneuses d'une affection silencieuse.

Le chef des pompiers nous avait expliqué qu'elle avait réuni dans le salon la montagne de courrier, toutes les photos de la maison ; qu'elle avait mis le feu à tout ça, et qu'avec le plastique du sol au plafond, notre salon s'était transformé immédiatement en énorme chaudron ; qu'ils l'avaient retrouvée calme, dans un coin de l'entrée, tenant dans ses bras un tourne-disque et un grand oiseau complètement affolé ; qu'elle avait été brûlée par des torches de papier cramé, mais que ce n'était pas grave ; que seul le salon était touché, que le reste de l'appartement était épargné. Bref, le pompier en chef nous expliqua que tout allait presque bien. Même si ça restait à prouver.

Les preuves que tout allait presque bien, personne n'a pu nous les apporter. Ni d'ailleurs les policiers qui interrogèrent longuement Maman en s'arrachant les cheveux devant son aplomb désarmant et ses propos surprenants :

— Je n'ai fait que détruire ce que je voulais garder pour moi ! Sans ces bêtes bâches en plastique, rien de tout cela ne serait arrivé !

— Non, je n'ai rien contre les voisins, si j'avais voulu les brûler, c'est leur appartement que j'aurais enflammé, pas le mien !

— Oui, je me sens parfaitement bien, merci, ce cirque est-il bientôt fini ? Quel remue-ménage pour quelques papiers brûlés !

En la regardant sourire et répondre calmement, Papa saisit ma main pour que je ne le laisse pas tomber. Son regard était éteint. En voulant tout éteindre, tout arroser, le passage des pompiers avait aussi étouffé le feu de ses yeux. Il ressemblait de plus en plus au cavalier prussien du tableau de l'entrée, son visage était jeune mais légèrement craquelé, son costume était chic mais passé, on pouvait le regarder mais rien lui demander, il semblait venir d'une autre époque, son époque à lui était terminée, elle venait de s'achever.

La clinique non plus ne nous apporta aucune preuve que tout allait presque bien. Il n'y avait que Maman pour considérer que tout allait à merveille.

— Pourquoi nous rendre dans ce bâtiment déprimant cet après-midi alors que nous pourrions danser ! Le salon est condamné mais nous pourrions faire de la place dans la salle à manger ! Mettons Bojangles ! Le disque n'est pas abîmé ! Il fait si beau, vous n'avez pas une autre promenade à me proposer ?

— Vous n'êtes vraiment pas drôles ! avait-elle bougonné avant d'accepter de nous accompagner.

À notre arrivée, devant le visage soucieux du médecin, elle lui avait lancé :

— Eh bien, mon pauvre vieux, je ne sais pas qui de nous deux se porte le mieux, mais si vous avez un après-midi à perdre je vous conseillerais bien d'aller voir quelqu'un ! Vous me direz, fréquenter des malades mentaux toute la journée, vous finissez par imprimer ! Même votre tablier n'a pas l'air bien !

Cette remarque fit sourire mon père mais absolument pas le médecin qui demanda, en regardant ma mère la tête en biais, de rester seul avec elle. L'entretien dura trois heures, durant lesquelles la pipe de mon père ne cessa de fumer et nous de marcher devant le grand bâtiment déprimant. Il me disait :

— Tu vas voir, ce cauchemar va s'arrêter, tout va s'arranger, elle va retrouver ses esprits, et nous allons retrouver notre vie ! Elle a toujours autant d'humour, quelqu'un d'aussi drôle ne peut être complètement foutu !

À force de l'entendre répéter ça, j'avais fini par le croire et lui aussi, alors quand le médecin demanda à lui parler en privé, il me quitta en m'adressant un clin d'œil. Un clin d'œil qui signifiait que le cauchemar était bientôt terminé.

A priori le médecin n'était pas de cet avis, et lorsque mon père sortit de son bureau, en regardant son visage, je sus aussitôt que le clin d'œil avait été un mensonge involontaire.

— Ils vont garder ta mère en observation pendant quelque temps, c'est plus simple ainsi. Comme ça, lorsqu'elle sortira, elle sera complètement guérie. Encore quelques jours et tout sera fini, ça nous laisse le temps de réparer les dégâts du salon pour son retour. Tu choisiras la couleur de la peinture, tu vas voir, on va bien s'amuser ! affirma-t-il, même si ses yeux tristes et doux disaient tout le contraire.

Pour être gentil avec moi, mon père était aussi capable de faire des mensonges à l'envers.

6

Les médecins nous avaient expliqué qu'il fallait la protéger d'elle-même pour protéger les autres. Papa m'avait dit qu'il n'y avait que des médecins de la tête pour sortir des phrases pareilles. Maman était installée au deuxième étage de la clinique, celui des déménagés du ciboulot. Pour la plupart le déménagement était en cours, leur esprit partait petit à petit, alors ils attendaient calmement la fin du nettoyage, en mangeant des médicaments. Dans le couloir, il y avait beaucoup de gens qui semblaient pleins et normaux à l'extérieur, mais qui en fait étaient presque vides à l'intérieur. Le deuxième étage était une salle d'attente géante pour accéder au troisième étage, celui des décapités mentaux. À cet étage-là, les patients étaient beaucoup plus marrants. Pour eux le déménagement était terminé, les médicaments avaient tout enlevé, il ne restait que de la folie et du vent. Quand Papa voulait rester seul avec Maman, pour danser le slow des sentiments, ou faire des choses qui ne regardaient pas les enfants, j'aimais beaucoup aller me promener à l'étage du dessus.

Au-dessus, il y avait Sven, mon ami hollandais, qui parlait des dizaines de langues dans la même phrase. Sven avait une bonne tête, il avait une dent bizarre tout devant qui le faisait postillonner énormément, tout en menaçant de tomber à chaque instant. Sven avait été ingénieur dans sa vie d'avant, c'est pour ça qu'il notait des tonnes de statistiques dans son cahier d'écolier. Il se passionnait pour plein de choses importantes. Par exemple, il marquait les résultats de polo depuis des années, on pouvait tout lui demander, il fouillait dans son cahier et il trouvait miraculeusement les scores griffonnés sur un coin de papier, c'était épatant. Il s'intéressait aussi à la vie des papes et là c'était pareil, il donnait la nationalité, les dates de naissance, la durée du règne... Sven était un vrai puits de science. Les médicaments avaient oublié d'enlever une pièce pleine à ras bord dans sa tête. Mais il y avait une chose que Sven aimait par-dessus tout, c'était la chanson française. Il se promenait toujours avec son walkman accroché à la ceinture et ses écouteurs autour du cou, c'était un vrai juke-box ambulant. Quand il chantait, je m'éloignais un peu car j'avais toujours peur que sa dent lâche, et qu'il me la postillonne au visage. Il chantait bien et très fort, il y mettait tout son cœur et il en salivait de bonheur. Une fois, il a même chanté du Claude François, une histoire de marteau, et là j'avais compris pourquoi Papa l'avait transformé en jeu de fléchettes, ce n'était vraiment pas humain de chanter des choses comme ça. Si j'avais eu un marteau, j'aurais cassé le walkman de Sven pour qu'il arrête sa mauvaise chansonnette. Sinon, j'aimais beaucoup les chansons de Sven, et je ne me lassais jamais de l'écouter chanter, surtout quand il tendait les bras pour faire l'avion en même temps, ça donnait vraiment envie de décoller avec lui. Sven était plus joyeux tout seul que tous les docteurs et les infirmières réunis.

Il y avait aussi Bulle d'air. C'est moi qui l'avais appelée comme ça parce qu'à chaque fois que je lui demandais son nom, elle ne répondait pas. Donc il fallait bien lui trouver un prénom, tout le monde a le droit à un prénom ou au moins à un surnom, c'était mieux pour les présentations, avais-je décidé pour elle. Alors Bulle d'air, c'était simple, les cachetons avaient tout déménagé, ils n'avaient pas laissé un seul carton. Elle était décapitée mentale à plein temps. Elle avait du papier bulle de déménagement dans les mains et passait ses journées à écraser ses bulles en regardant le plafond tout en picorant des pilules. Elle prenait ses médicaments par le bras parce qu'elle n'avait plus assez d'appétit. Son bras pouvait en avaler des litres sans grossir d'un gramme, c'était vraiment une drôle de dame. Une infirmière m'avait dit qu'avant son déménagement, Bulle d'air avait fait de vilaines choses dans sa vie et que les cachets empêchaient ses mauvais démons de revenir meubler son cerveau. Elle écrasait ses bulles parce qu'elle avait de l'air plein la tête, comme ça elle était toujours dans son élément. Quand j'en avais plein les oreilles des chansons de Sven, j'allais regarder le plafond avec Bulle d'air, en écoutant le clac-clac du papier, c'était très reposant. Parfois, Bulle d'air laissait son air s'échapper de partout, et il fallait vraiment partir en courant, car pour ça, il n'y avait pas de médicaments.

Souvent Bulle d'air recevait la visite de Yaourt, un drôle de type qui se prenait pour le président. Ce n'était pas moi qui l'avais surnommé comme ça, mais le personnel de la clinique, car il débordait de partout, était tout mou comme du fromage blanc, on avait vraiment l'impression qu'il allait couler sur place. Son cerveau avait déménagé, mais les médicaments en avaient emménagé un autre, tout nouveau, tout neuf. Yaourt avait de drôles de verrues plantaires sur le visage et toujours des miettes de biscuit autour de la bouche, c'était vraiment répugnant. Pour cacher sa grande mocheté, il lustrait et gonflait ses petits cheveux teintés en arrière, peut-être devait-il penser que c'était chic d'avoir une aile de corbeau collée sur la tête. Il venait régulièrement voir

Bulle d'air, et dans la clinique tout le monde disait qu'il avait des sentiments pour elle. Il restait des heures à la regarder gazouiller et péter des bulles en lui parlant de son métier de président. Il commençait toutes ses phrases en disant moi, moi, moi, moi, à la longue c'était vraiment épuisant. Dans les couloirs, il serrait toutes les mains avec un air sérieusement comique, pour gagner des voix. Le vendredi soir, il faisait des réunions pour parler de sa profession, et ensuite il organisait des élections avec une boîte en carton, ça mettait beaucoup d'animation, même s'il était élu à chaque fois, parce que c'était toujours le seul candidat. Sven comptait les bulletins et marquait tout dans son cahier, ensuite il chantait les résultats avant que Yaourt monte sur une chaise pour faire son discours avec sa tête de vainqueur. Papa disait qu'il avait le charisme d'un tabouret d'arrière-cuisine mais finalement tout le monde l'aimait bien. Il était ridicule comme président, mais pas méchant comme patient.

Au début, Maman s'ennuyait ferme au deuxième étage, elle disait que, quitte à être fou, il valait mieux être foutu à l'étage du dessus. Elle trouvait ses voisins de palier déprimants et déplorait que même les médicaments ne les rendent pas marrants. Son état était variable, elle pouvait nous accueillir avec un comportement charmant, et devenir hystérique au moment de notre départ. Parfois c'était l'inverse et c'était compliqué de rester, il fallait attendre patiemment qu'elle se calme, ça pouvait durer très longtemps. Pendant ce temps-là, Papa gardait toujours le même sourire que je trouvais fort et rassurant, mais dans ses mauvais moments, ma mère le trouvait agaçant, c'était vraiment très compliqué de vivre des choses comme ça.

Heureusement, elle avait gardé son sens de l'humour, et souvent elle nous imitait ses voisins en faisant des grimaces, en parlant au ralenti, et en marchant en traînant les pieds. Un après-midi, à notre arrivée, nous l'avions trouvée en grande conversation avec un petit chauve qui se triturait les mains en regardant ses pieds. Il était étonnant, son visage était tout fripé et son crâne tout lisse.

— Georges, vous tombez bien ! Je vous présente mon amant, on ne dirait pas comme ça mais c'est un amant fougueux quand il veut ! s'exclama-t-elle en caressant le crâne de son interlocuteur qui se mit à rire très fort en hochant la tête.

Ce à quoi Papa répondit, en s'approchant pour lui serrer la main :

— Merci, mon cher ami, je vous propose un marché, vous vous en occupez lorsqu'elle crie, et moi je m'en charge quand elle sourit ! Vous êtes largement gagnant, car elle passe beaucoup plus de temps à crier qu'à sourire !

Maman éclata de rire, Papa et moi aussi, et le chauve nous suivit en riant plus fort encore.

— Allez filez, grand fou, et repassez dans une heure, on ne sait jamais, si l'envie me prend de crier ! lança-t-elle en direction du chauve qui quittait la chambre en se tenant les côtes.

Une autre fois, elle nous accueillit la tête penchée et les bras ballants le long de son siège en bavant énormément, Papa tomba à ses genoux en hurlant pour appeler une infirmière, mais l'instant d'après, elle se redressa en éclatant d'un rire enfantin. Cette fois, sa farce ne fit rire qu'elle, Papa était vraiment devenu tout blanc, moi j'avais commencé à pleurer comme un bébé, nous n'avions pas trouvé ça hilarant du tout. J'avais eu tellement peur que je m'étais mis en colère. Je lui avais dit que ça ne se faisait pas de faire des blagues comme ça aux enfants. Alors elle s'était mise à me picorer pour s'excuser, et Papa m'avait dit que j'avais la colère saine et intelligente.

Au fil du temps, Maman devint la patronne du deuxième étage. Elle régentait tout avec bonne humeur, donnant des ordres, distribuant les honneurs, écoutant les doléances et les petits malheurs, dispensant ses conseils à toute heure. Si bien qu'un jour, Papa lui apporta une couronne en carton de la galette des rois, mais elle la refusa et s'exclama en riant :

— Je suis la reine des fous, apportez-moi plutôt une passoire ou un entonnoir, à chacun son royaume, à chacun son pouvoir !

Toute la cour défilait dans sa chambre, c'était

un rituel. Il y avait les hommes amoureux qui passaient lui apporter des dessins, des chocolats, des poèmes, des bouquets de fleurs du parc, parfois avec les racines, ou simplement pour la regarder parler. La chambre de Maman s'était transformée en musée miniature et en foutoir géant, il y en avait partout. Certains s'habillaient en costume pour lui rendre visite, c'était touchant disait Papa, qui n'était pas du tout jaloux des fous. Lorsqu'on rentrait dans la chambre, il tapait dans ses mains et tous les amoureux détalaient en baissant la tête pour certains, en s'excusant pour d'autres.

— À plus tard, mes choux ! disait Maman qui remuait sa main comme pour les adieux au train.

Et il y avait les femmes aussi, elles étaient moins nombreuses, généralement elles venaient prendre le thé et écouter Maman leur raconter sa vie d'avant. Elles s'exclamaient toujours en faisant des ohhhh, des ahhhh avec de grands yeux parce que la vie de Maman méritait bien ça. Même les infirmières étaient aux petits soins avec elle ; contrairement aux autres, elle pouvait choisir son repas, éteindre la lumière quand elle le voulait, et même fumer dans sa chambre mais seulement avec la porte fermée. Avec tout ça on pensait qu'elle allait mieux, et on en oubliait qu'au même moment, un autre déménagement devait avoir lieu.

Il n'y avait pas que la tête de Maman qui déménageait, notre appartement aussi devait suivre le même traitement. Ce déménagement-là, il était presque aussi déprimant. Il fallait ranger des siècles de souvenirs dans les cartons, les trier et parfois les jeter à la poubelle. C'était vraiment le plus dur de mettre des choses à la poubelle. Papa avait trouvé un autre appartement en location dans la même rue, mais en beaucoup plus petit, du coup il a fallu remplir énormément de poubelles. L'Ordure était venu nous aider, mais contrairement à ce que son surnom pouvait laisser entendre, il n'était pas doué pour ça, parfois même il sortait des objets des sacs et nous sermonnait :

— Vous ne pouvez pas jeter ça, ça peut toujours servir !

Alors il défaisait le travail qu'on avait eu beaucoup de mal à faire, c'était pénible parce qu'il fallait les remettre une deuxième fois dans le sac, et leur dire une deuxième fois au revoir. On ne pouvait pas tout garder, il n'y avait pas assez de place dans l'autre appartement, c'était mathématique disait Papa qui s'y connaissait. Même moi j'avais compris depuis longtemps qu'on ne pouvait pas faire rentrer toute l'eau d'une baignoire dans une bouteille en plastique. C'était mathématique, mais pour le sénateur ça n'avait pas l'air frappé au coin du bon sens.

Depuis l'internement de Maman, Papa s'était montré très courageux, il souriait toujours, passait beaucoup de temps avec moi, à jouer, à parler, il continuait à me donner des cours, d'histoire, d'art, il m'apprenait l'espagnol avec un vieux magnétophone et des cassettes qui ronronnaient en tournant. Il m'appelait senior et je l'appelais gringo, on essayait de faire des corridas avec Mademoiselle mais ça ne fonctionnait jamais, la serviette rouge, c'était comme le chronomètre, elle s'en moquait royalement. Elle commençait par la regarder, baissait la tête en roulant son cou puis partait en courant dans l'autre sens. Mademoiselle était un mauvais taureau, on ne pouvait pas lui en vouloir, elle n'avait pas été élevée pour ça. Comme prévu, après les travaux du salon, avec Papa on avait repeint tous les murs, et comme l'appartement venait d'être vendu, il m'avait dit que je pouvais choisir n'importe quelle couleur, qu'on s'en moquait parce qu'on n'allait plus vivre dedans. Alors j'avais choisi le caca d'oie, c'était Mademoiselle Superfétatoire qui m'avait aidé à faire mon choix. On avait beaucoup ri en pensant à la tête que feraient les nouveaux propriétaires en découvrant leur salon sombre et déprimant.

Il m'emmenait souvent au cinéma, comme ça, dans le noir, il pouvait pleurer sans que je le voie. Je voyais bien ses yeux rouges à la fin du film, mais je faisais comme si de rien n'était. Mais avec le déménagement, il craqua deux fois en se mettant à pleurer en plein jour. C'est vraiment différent de pleurer en plein jour, c'est un autre niveau de tristesse. La première fois, c'était à cause d'une photo, la seule que Maman avait oublié de brûler. Elle n'était pas particulièrement réussie, pas vraiment belle, c'était l'Ordure qui nous avait pris tous les trois avec Mademoiselle sur la terrasse en Espagne. On y voyait Maman, perchée sur la rambarde en train de rire aux éclats, avec ses cheveux sur le visage, tandis que Papa tendait le doigt vers le photographe, sans doute pour lui dire de ne pas faire comme ça, et moi je fermais les yeux en me grattant la joue à côté de Mademoiselle Superfétatoire qui tournait le dos, parce que les photos ça lui passait au-dessus de la tête. Tout était flou, même le paysage derrière, on le voyait mal. C'était une photo banale, mais c'était la dernière, la seule qui n'était pas partie en fumée. C'était pour ça que Papa s'était mis à pleurer en plein jour, parce qu'il ne nous restait qu'une photo ratée des bons jours. La deuxième fois qu'il pleura, c'est dans l'ascenseur après avoir remis les clefs aux nouveaux propriétaires. Au niveau du quatrième étage, nous pleurions de rire car ça avait été vraiment hilarant de voir la tête des nouveaux arrivants lorsqu'ils nous avaient surpris à jouer aux dames sur le sol de l'entrée, avec un grand oiseau qui courait dans tous les sens en poussant des cris déments. Mais l'apothéose, c'était quand ils nous avaient remerciés en grimaçant pour le merdier déprimant du salon. Mais au deuxième étage déjà, les rires de

Papa étaient moins joyeux, et au rez-de-chaussée c'était devenu de longs hoquets malheureux. Il était resté longtemps dans la cabine tandis que je l'attendais sur le palier, devant la porte fermée.

Le nouvel appartement était charmant mais beaucoup moins drôle que le précédent. Il n'y avait que deux chambres, le couloir était minuscule et nous étions obligés de toucher les murs en nous croisant. Il était tellement court, qu'avant même de pouvoir prendre notre élan on se retrouvait nez à nez avec la porte d'entrée. Du vaisselier végétal il ne restait que le lierre, le meuble était trop grand pour le salon. Alors le lierre était par terre et le meuble à la décharge, comme ça ils avaient perdu tous les deux leur charme. Pour faire rentrer le grand canapé bleu capitonné, les deux fauteuils crapauds, la table-sablier et la malle-capitale dans le salon, il avait fallu les tourner dans tous les sens, une partie de puzzle qui dura des jours entiers, avant de réaliser que tout ne pouvait pas rentrer correctement, et d'envoyer la malle-capitale moisir dans la cave. Dans la salle à manger, la grande table ne rentrait pas non plus, alors nous l'avions remplacée par une plus petite qui ne pouvait recevoir aucun invité. Il y avait la place qui attendait Maman, celle de Papa, la mienne et celle de l'Ordure, parce que malgré ses efforts, il n'arrivait toujours pas à poser une assiette et des couverts sur son estomac, ça ne tenait pas. Enfin si, on pouvait les poser, on essayait à tous les repas, mais ça glissait à chaque fois. Dans ma chambre, il n'y avait que le lit moyen parce qu'avec le grand, je n'avais plus un centimètre pour mettre mes jeux. Nous pouvions toujours jouer à Claude François, mais les distances étaient trop courtes et les fléchettes arrivaient dans sa tête à tous les coups. Même Claude François était moins comique dans cet appartement-là. Les gros pots de la cuisine avaient laissé leur place à un bac riquiqui avec de la menthe pour les cocktails de l'Ordure et de Papa. La salle de bains était ridiculement minuscule. L'Ordure n'arrivait ni à se tourner, ni à respirer, il rentrait en marchant comme un crabe et en sortait suant, rouge comme un homard. On l'entendait pester à chaque fois qu'il faisait tomber un objet, et après il se mettait à hurler, parce qu'il en faisait tomber encore plus en voulant les ramasser. Pour lui, prendre une douche, c'était pire que le service militaire. Quant au pauvre cavalier prussien, il était posé sur le sol sans aucun égard dû à son rang. Il avait remporté de nombreuses batailles, son veston était couvert de décorations et il finissait posé par terre comme un vulgaire torchon, avec pour seule vue un tancarville rempli de chaussettes et de caleçons, ça me collait un de ces bourdons. D'ailleurs, la vue dans ce logement était triste pour tout le monde, il donnait pile poil sur une cour d'immeuble, il faisait sombre et on voyait les voisins qui se promenaient chez eux. Enfin c'est plutôt eux qui nous regardaient bizarrement quand on jouait à la bavette avec l'Ordure, ou qu'on posait des assiettes sur son ventre, ou encore lorsque Mademoiselle faisait ses vocalises très tôt le matin et réveillait tout l'immeuble. En deux cris trois mouvements, elle réussissait à allumer toutes les lumières de tous les appartements en même temps. Mademoiselle aussi avait le bourdon, elle tapait tous les murs avec son bec comme si elle essayait de les pousser, elle faisait des trous partout et s'ennuyait tellement que parfois, elle dormait debout en plein jour. Que ce soit celui du cerveau de Maman ou celui des meubles de l'appartement, personne n'était vraiment content de ces déménagements.

Heureusement, Maman reprit les choses en main. Un vendredi soir, en arrivant à la clinique, nous avions trouvé tous les couloirs vides. Toutes les portes étaient ouvertes, mais les chambres étaient désertes. Pas un seul décapité mental à l'horizon. Même Bulle d'air s'était envolée. En marchant dans la clinique, nous avions fini par entendre du bruit, de la musique et des cris venant du réfectoire. En ouvrant la porte, on avait vu des choses qu'on n'avait jamais encore vues. Tous les décapités mentaux dansaient avec leurs habits du dimanche, certains dansaient des slows, d'autres dansaient tout seuls en criant à pleine gueule, il y en avait même un qui se frottait à un poteau en riant très normalement, comme un fou. Mister

Bojangles tournait en boucle sur l'appareil, il n'avait certainement jamais tourné pour des timbrés pareils, pourtant il en avait vu des foldingues dans notre appartement, mais là c'était vraiment un niveau au-dessus. Sven jouait du piano imaginaire assis devant une table sans touches, sur laquelle Maman faisait des claquettes espagnoles en chantant et tapant dans ses mains. C'était tellement bien fait, qu'on croyait vraiment que Bojangles sortait de la bouche de Maman et que les notes de piano s'échappaient des touches de Sven. Même Bulle d'air hochait la tête, assise dans un fauteuil roulant, avec une tête que je ne lui avais jamais vue auparavant. Il n'y avait que Yaourt qui était affolé parce qu'on ratait ses élections, il embêtait tout le monde en disant aux danseurs qu'il fallait aller voter, que s'ils ne votaient pas, ils ne seraient pas gouvernés la semaine d'après. Il alla même tirer la jupe de Maman pour qu'elle descende de la table, alors Maman s'empara d'un sucrier à ses pieds et le vida sur sa tête en appelant les autres timbrés à venir sucrer le yaourt. Tous les décapités vinrent l'arroser de sucre en dansant autour de lui comme des Sioux et en chantant :

— Sucrons le Yaourt, sucrons le Yaourt, sucrons le Yaourt !

Et lui, il était resté là, sans bouger, en attendant d'être sucré, comme s'il n'y avait aucun nerf dans son corps de président. Bulle d'air regardait ça en souriant à pleines dents, parce qu'elle aussi, elle

en avait plein le dos de ses histoires de président.
Lorsque Maman nous vit, elle sauta de sa table,
s'approcha de nous en tournant sur elle-même
comme une toupie, et vint nous dire :

— Ce soir, mes amours, je fête la fin de mon
traitement, tout ça c'est terminé maintenant !

7

Il y a pile poil quatre ans maintenant, Maman a été kidnappée. Pour toute la clinique, ça a vraiment été un choc. Le personnel soignant ne comprenait pas ce qui avait pu se passer. Ils avaient l'habitude des fugues mais un kidnapping, ils n'avaient jamais vu ça. Malgré les traces de lutte dans la chambre, la fenêtre cassée de l'extérieur, le sang sur les draps, ils n'avaient rien vu, rien entendu. Ils étaient vraiment désolés, et on les avait crus bien volontiers. Les décapités et les déménagés mentaux étaient complètement tourneboulés, enfin bien plus que d'habitude. Certains avaient eu des réactions étonnantes. Le petit chauve au visage fripé était sûr et certain que c'était de sa faute, il passait son temps à pleurer en se grattant la tête de toutes ses forces, il faisait vraiment peine à voir. Il était allé se dénoncer plusieurs fois à la direction mais, le pauvre vieux, on voyait très bien qu'il était incapable de kidnapper quelqu'un. Un autre était furieux qu'elle soit partie sans prendre ses cadeaux, il hurlait en insultant Maman et en tapant dans les murs, au début ça passait, mais au bout d'un moment c'était devenu vraiment énervant. C'était n'importe quoi de montrer sa peine en insultant Maman. Il avait même déchiré tous les dessins de monuments qu'il lui avait offerts, et pour nous ça avait été un soulagement de ne pas devoir les rapporter à l'appartement. On avait déjà assez de merdier comme ça. Yaourt, lui, était persuadé que c'était les services de l'État qui l'avaient vengé pour l'histoire du sucrier. Il n'arrêtait pas d'aller voir les gens en leur disant qu'il ne fallait jamais plus le traiter comme ça, et qu'à la prochaine maltraitance, il y aurait le même résultat, les rebelles seraient enlevés pour être torturés. Il bombait le torse, et marchait le cou bien droit comme quelqu'un qui ne craint plus rien. Pour se refaire la cerise sur le dos de la crise, il avait appelé à l'union médicale derrière lui, mais personne n'avait eu envie de se rallier à son fromage blanc, il ne fallait pas exagérer tout de même. Quant à Sven, il se tapait le torse hilare en nous montrant du doigt, puis il partait faire l'avion avec ses bras en chantant des chansons en suédois, en italien, en allemand, on ne savait pas vraiment, mais il avait l'air très content. Puis il revenait, applaudissait, levait les bras au ciel et repartait en chantant. Avant notre départ, il était passé nous embrasser, nous gratter la joue avec sa dent, nous arroser de postillons en chuchotant des prières. Sven était de loin le plus attachant des décapités mentaux.

Les policiers non plus n'avaient rien compris. Ils étaient venus constater et enquêter dans la chambre. La fenêtre avait bien été brisée de l'extérieur, c'était bien le sang de Maman, la chaise renversée et le vase cassé prouvaient bien qu'il y avait eu une lutte sanglante, mais ils n'avaient trouvé aucune trace de pas en bas dans la pelouse, sous la fenêtre. L'enquête de voisinage n'avait rien donné, le personnel n'avait remarqué aucune personne bizarre rôdant autour du bâtiment. Les policiers avaient décrété qu'on pouvait les croire sur parole, car c'était quand même le cœur de leur métier de repérer les gens bizarres. Ils nous avaient interrogés une première fois, pour nous demander si Maman avait des ennemis, et nous avions répondu qu'à part un inspecteur des impôts, tout le monde l'aimait bien, mais la piste des impôts avait vite été abandonnée. Ils nous avaient interrogés une deuxième fois, mais ça n'avait strictement rien donné. Tout simplement parce que Maman, c'est nous qui l'avions kidnappée, et c'était elle qui avait tout organisé. On n'était pas fous au point de nous dénoncer quand même.

Après la fête du réfectoire, lorsque nous étions rentrés dans la chambre de Maman, elle nous avait déclaré qu'elle ne voulait plus vivre à la clinique, que d'après les médecins elle ne serait jamais totalement guérie, et qu'elle n'allait pas continuer à manger des médicaments éternellement, surtout si ça ne servait à rien. « De toute façon, j'ai toujours été un peu folle alors un peu plus, un peu moins, ça ne va pas changer l'amour que vous avez pour moi, n'est-ce pas ? » Avec Papa nous nous étions regardés en trouvant que cette remarque était frappée au coin du bon sens. De toute façon, on en avait marre de venir à la clinique tous les jours, d'attendre son retour qui n'arrivait jamais, avec sa place à table qui était toujours vide, et les danses à trois dans le salon qu'on reportait tout le temps à plus tard. Pour une foultitude d'autres raisons ça ne pouvait plus durer comme ça. À cause des murs en pelure d'oignon de la clinique, la chanson de Monsieur Bojangles ne donnait pas le même son, ni les mêmes frissons qu'à la maison, et Mademoiselle Superfétatoire se demandait souvent, en se postant devant le canapé, pourquoi Maman n'était plus là pour lui caresser la tête en lisant. Pour finir, j'étais un peu jaloux des fous et du personnel soignant qui profitaient de Maman toute la journée, contrairement à nous. J'en avais ma claque de la partager avec d'autres gens, un point c'est tout. C'était criminel d'attendre les bras ballants que les médicaments finissent le déménagement du cerveau de Maman, avais-je pensé, au moment où Papa commença à parler, soucieux et excité à la fois.

— Je suis tout à fait d'accord avec vous, ma

chère Nécessité ! Nous ne pouvons pas vous laisser pervertir cette clinique plus longtemps, il en va de la santé mentale des autres patients ! Avec le rythme et la joie que vous leur donnez, si ça continue, tous ces fous iront beaucoup mieux dans peu de temps, et alors j'aurais vraiment du souci à me faire avec tous vos prétendants. Le problème c'est que je ne vois pas vraiment comment nous allons pouvoir convaincre les médecins de vous laisser sortir, ni même comment ils vont accepter d'arrêter votre traitement. Il va falloir inventer un mensonge de toute beauté, le plus gros des bobards, et si jamais ça marche, ce sera vraiment une œuvre d'art ! s'exclama-t-il, en regardant le trou de sa pipe avec un œil fermé, comme s'il y avait une réponse dedans.

— Mais, cher ami, Georges chéri, voyons ! Il n'a jamais été question de demander la permission. Ni pour me sortir d'ici, ni pour arrêter le traitement. D'ailleurs le meilleur traitement, ce n'est pas d'être entouré de fous mais d'être avec vous ! Si je ne pars pas d'ici, un jour, je sauterai par la fenêtre ou j'avalerai tous mes médicaments en même temps, comme le pauvre bougre qui occupait ma chambre avant. Mais rassurez-vous, ça n'arrivera pas, car j'ai pensé à tout… Vous allez m'enlever, tout simplement ! Vous allez voir, on va s'amuser follement ! avait déclaré Maman qui applaudissait joyeusement comme autrefois.

— Vous enlever ? Vous voulez dire vous

kidnapper, c'est bien ça ? avait toussé Papa, qui dissipait avec la main la fumée de sa pipe pour mieux voir les yeux de Maman.

— Oui c'est ça, un kidnapping familial ! Voilà des jours que je le prépare, vous allez l'avoir votre œuvre d'art. Un mensonge préparé aux petits oignons, j'ai réglé toute l'opération, vous allez voir, je n'ai vraiment rien laissé au hasard ! avait lancé Maman cependant qu'elle parlait plus bas avec un air de conspiratrice et des yeux débordant de malice.

— Ah oui effectivement, là vous faites dans le haut de gamme ! Vous nous préparez un chef-d'œuvre ! avait chuchoté Papa qui s'y connaissait en mensonge comme personne.

Son visage s'était détendu, comme s'il était soulagé, comme s'il venait de décider qu'il fallait se laisser porter par cette folle idée.

— Présentez-nous votre plan ! avait-il ajouté, une flamme au-dessus de sa pipe, les yeux déterminés et pétillants.

Maman avait vraiment préparé son kidnapping dans le moindre détail. Elle avait volé une fiole de son sang lors de ses derniers examens. Après des nuits d'observation, elle avait noté que chaque jour à minuit, le gardien de l'entrée quittait son bocal pendant trente-cinq minutes, pour faire sa ronde de nuit, et fumer une cigarette dans la lingerie. C'était à ce moment-là qu'on devait arriver, en passant par la porte d'entrée, tout naturellement. Mais comme Maman voulait vraiment que ça ressemble à un enlèvement de roman, il fallait faire croire qu'elle avait été kidnappée par la fenêtre. Papa et moi avions trouvé cette idée tout à fait sensée. Partir par la porte, c'était trop banal comme enlèvement, et même avec les médicaments, Maman détestait toujours autant la banalité. Si elle avait voulu, elle aurait même pu partir toute seule par la porte d'entrée, pendant la pause du gardien, mais alors ça n'aurait pas été un enlèvement et tout son plan serait tombé à l'eau. À minuit moins cinq, elle avait prévu de renverser son sang sur les draps, de coucher délicatement la chaise au sol, de casser un vase en étouffant le bruit avec son oreiller, et d'ouvrir la fenêtre pour casser la vitre de l'extérieur avec un torchon pour masquer les sons, et éveiller les soupçons d'effraction. Nous devions arriver à minuit cinq, avec des collants sur la tête, et venir dans sa chambre la kidnapper avec son consentement, pour ensuite repartir tranquillement et sur la pointe des pieds par la porte d'entrée.

— Voilà un plan brillamment ficelé, ma bien-aimée, et quand envisagez-vous de vous faire kidnapper ? avait demandé Papa avec les yeux dans le vague, sans doute pour essayer d'imaginer le déroulement des opérations.

— Ce soir mes chéris, pourquoi attendre puisque tout est prêt ? Vous ne pensez pas que j'ai organisé cette fête par hasard, c'était ma fête de départ !

De retour à la maison, avec Papa, nous avions répété toute l'opération plusieurs fois, avec dans nos ventres de drôles de sensations. Nous avions peur mais on ne pouvait s'empêcher de rire sans raison. Papa ressemblait à n'importe quoi avec son collant sur la tête, son nez partait de travers et ses lèvres étaient tordues comme jamais, et moi j'avais le visage tout aplati comme un bébé gorille. Mademoiselle Superfétatoire nous regardait en tournant la tête vers lui, vers moi, elle essayait de comprendre ce qui se passait, elle baissait son cou pour nous regarder par en dessous, mais on voyait bien qu'elle était complètement larguée. Avant de partir, Papa m'avait offert une cigarette et un gin tonic en me disant que c'était comme ça que faisaient les gangsters avant un enlèvement. Alors, il avait fumé sa pipe et moi ma cigarette ; nous avions bu nos cocktails assis dans le canapé, sans dire un mot, sans nous regarder pour rester concentrés.

J'étais complètement sonné en rentrant dans la voiture, j'avais la bouche sèche, un goût de vomi dans la gorge, les yeux qui me piquaient, mais je me sentais beaucoup plus fort, et j'avais mieux compris pourquoi Papa buvait du gin tonic pour faire son sport. En arrivant à proximité de la clinique, on s'était garés loin des lampadaires, on avait coupé le contact, et on s'était regardés en souriant avant d'enfiler nos collants. Même derrière le collant, je voyais les yeux de Papa briller d'une belle lumière voilée. Au moment de pousser la porte de la clinique, le collant de Papa craqua au niveau de son nez, il essaya de le tourner, mais après c'est son oreille qui avait débordé. Il avait continué à le tourner en riant doucement et nerveusement, mais le collant n'arrêtait pas de s'ouvrir, du coup comme il ne tenait presque plus, il avait été obligé de le tenir, une main collée derrière la tête. Nous étions passés devant le bocal du surveillant en sautillant doucement, puis nous avions couru dans le couloir sur la pointe des pieds jusqu'à l'angle. Avant de tourner, on s'était plaqués contre le mur, puis Papa avait glissé sa tête pour voir si la voie était libre. Il faisait de grands mouvements avec son torse et tournait sa tête dans tous les sens, c'était tellement marrant, qu'avec le gin tonic, j'avais du mal à rester concentré. Sur certains murs on voyait nos ombres déformées avancer en tremblant, c'était un peu effrayant. Au moment d'arriver à la porte des escaliers, nous avions vu le rond lumineux d'une lampe torche qui bougeait dans tous les sens sur le mur d'en face, et des bruits de pas qui s'approchaient. Comme j'étais paralysé, les pieds cloués au sol, Papa m'avait empoigné par le col, pour me faire voler vers un recoin du couloir. Cachés dans la pénombre, nous avions regardé le gardien passer juste devant nous, sans nous remarquer du tout, et à ce moment-là, ce n'était plus un goût de vomi que j'avais dans la gorge, mais du vomi tout court. Je m'étais retenu pour ne pas faire de bruit, et surtout parce que je savais très bien que si je me laissais aller, tout allait rester coincé dans mon collant. Après avoir attendu que les pas s'éloignent, nous avions couru comme des fous jusqu'aux escaliers, et en montant les marches avec le gin tonic et la frousse, j'avais eu l'impression de voler, j'avais même dépassé Papa au premier étage. Arrivés au deuxième étage, nous n'avions eu qu'à ouvrir la porte d'en face pour retrouver Maman qui nous attendait sagement sur son lit défait dans sa chambre en bordel. Elle aussi avait mis un collant sur sa tête, mais avec ses cheveux volumineux, ça lui donnait une grosse tête de chou-fleur entouré de toiles d'araignées.

— Ah, vous voilà mes ravisseurs ! souffla-t-elle en se levant.

Mais en voyant la tête de Papa avec son collant dépecé elle le bombarda de chuchotis :

— Mais bon Dieu, Georges, qu'avez-vous fait à votre collant ? Vous avez une tête de lépreux ! Si quelqu'un vous voit comme ça, vous allez tout faire capoter !

— Mon nez m'a trahi, ma chérie ! Venez plutôt embrasser votre chevalier au lieu de rouspéter ! avait-il répondu avant de prendre la main de Maman pour l'attirer vers lui.

Moi, je ne voyais plus très bien, j'avais le hoquet, mes sourcils s'étaient mis à suer à grosses gouttes, j'en avais plein les yeux, et le collant me démangeait la peau des joues.

— Mais notre fils est complètement saoul ! déclara Maman, un peu effarée de me voir ainsi tituber.

Puis elle me prit dans ses bras pour me picorer en disant :

— Regardez-moi ça, ce magnifique petit voyou qui s'enivre pour venir kidnapper sa Maman, n'est-ce pas charmant !

— Il a été exemplaire, un vrai Arsène Lupin, du moins pour l'aller, car je pense qu'il va falloir le tenir par la main pour le retour, j'ai l'impression que le gin tonic lui joue un mauvais tour.

— Filons, la liberté est deux étages en dessous, susurra Maman en m'empoignant d'une main tandis que l'autre ouvrait la porte.

Mais derrière la porte, nous étions tombés nez à nez avec Sven qui faisait des signes de croix à toute vitesse. Alors Papa mit son doigt devant ses lèvres et Sven l'imita, en hochant la tête tout excité. Maman déposa un baiser sur son front, et il nous regarda partir en laissant son index sur sa dent. Nous avions dévalé les escaliers à toute vitesse ; arrivés à l'angle, nous nous étions encore plaqués contre le mur, et Papa avait recommencé à faire ses grands gestes du torse et de la tête, alors Maman lui avait soufflé :

— Georges, cessez donc de faire l'andouille ! J'ai envie de faire pipi, et si vous me faites rire, je vais finir par faire dans ma culotte.

Alors Papa avait fait un dernier grand geste du bras, pour nous indiquer que la voie était libre. Dans le couloir, mes parents m'avaient pris chacun par une main, et j'avais fait le reste du parcours jusqu'à la voiture en ne touchant presque plus terre.

Dans l'automobile en direction de chez nous, l'ambiance était dingue. Papa faisait du tam-tam sur le volant en chantant, Maman applaudissait en riant, et moi je regardais tout ça en me massant les tempes qui battaient violemment. Après avoir quitté le quartier de la clinique, Papa avait fait des zigzags sur la route, en faisant plusieurs fois le tour des ronds-points en klaxonnant, je glissais sur la banquette arrière comme un sac de pommes de terre, c'était vraiment du grand n'importe quoi. En arrivant à la maison, Papa avait sorti le champagne du frigo et l'avait ouvert en le secouant à grands coups pour en mettre partout. Maman avait trouvé que l'appartement était presque aussi déprimant que la clinique, en quand même plus charmant. Et en caressant la tête de Mademoiselle qui gonflait son cou, elle nous avait expliqué la suite de son plan, en buvant ses coupes à grandes gorgées pour se désaltérer.

— Je vais m'installer à l'hôtel, le temps que ça se calme. Ce serait vraiment bête qu'on voie la kidnappée sortir de chez elle comme si de rien n'était. Pendant ce temps-là vous, vous allez nous mitonner des mensonges de toute beauté, pour la police, pour la clinique, bref pour tous ceux qui vous poseront des questions, avait-elle expliqué avec un air sérieux, sa coupe tendue comme un calice vers la bouteille célébrée.

— Pour les mensonges vous pouvez nous faire confiance, vous avez devant vous des hommes d'expérience ! Mais après l'enquête, qu'allons-nous faire ? avait dit Papa en vidant la fin de la bouteille dans la coupe de Maman.

— Après ? L'aventure continue, mon cher ami ! L'enlèvement n'est pas fini. D'ici quelques jours, les recherches n'auront rien donné, enfin j'espère, et nous irons nous cacher dans notre maison en Espagne. Vous allez louer une auto-mobile, impossible de prendre l'avion dans ces conditions, nous allons emprunter les petites routes jusqu'à la frontière, et ensuite nous allons rouler à tombeau ouvert jusqu'à notre planque dans les montagnes pour reprendre notre vie d'avant, tout simplement, avait dit Maman, qui tentait de se lever péniblement pour trinquer avec nous.

— Ah oui, vous avez réellement pensé à tout ! Je me demande vraiment ce que vous faisiez chez les fous ! avait répondu Papa en l'attirant vers lui pour l'enlacer.

Complètement catapulté vers le sommeil, par le champagne et les émotions de l'évasion, je m'étais endormi dans le canapé, en les regardant danser le slow des sentiments.

Pendant les recherches de Maman et de ses ravisseurs, entre les déclarations à la police et les passages à la clinique pour déménager ses affaires et montrer nos airs tristes, nous allions lui rendre visite dans un petit hôtel dégoûtant, habité par des putes qui criaient et riaient, parfois en même temps. Maman avait pris un faux nom pour réserver sa chambre.

— Liberty Bojangles, ce n'est pas très discret comme nom d'emprunt pour une personne recherchée partout ! avait dit Papa, un sourire taquin accroché aux joues.

— Au contraire, Georges, vous n'y connaissez rien ! Il n'y a rien de plus discret qu'un prénom américain dans un hôtel de putains. Vous n'avez donc rien fait avant de me rencontrer ? avait-elle répondu en se dandinant, une main sur la hanche et l'index de l'autre coincé entre ses dents.

— Liberty, avec vous, chaque jour est une nouvelle rencontre ! avait-il répondu en tirant des billets de sa poche. Il m'en donna un à trois chiffres pour que j'aille faire un tour dehors, et demanda à Maman :

— C'est combien ?

Le matin du départ, alors qu'avec Maman nous attendions Papa et la voiture de location, en discutant avec les putains du temps et de leurs clients, nous l'avions vu arriver dans une énorme voiture ancienne qui brillait de partout, avec sur le bout du capot, une statuette en argent représentant une déesse debout, les ailes dans le vent. Il en était sorti, habillé en costume gris, avec une casquette sur la tête.

— Si Miss Bojangles veut bien se donner la peine de monter, avait déclamé mon père, avec un accent britannique complètement raté, tout en ouvrant la porte arrière avant de s'incliner avec chic.

— Mais enfin, Georges, vous êtes fou ! Ce n'est pas discret du tout ! s'était exclamée ma mère, qui baissa ses grosses lunettes de star avant de rajuster son foulard de fuyarde.

— Au contraire, Miss Liberty, vous n'y connaissez rien, les cavales, c'est comme les mensonges, plus c'est gros, mieux ça passe ! avait-il répondu avec un levé de casquette et des claquements de talons.

— Si vous voulez, Georges, si vous voulez ! Mais j'aurais tellement aimé passer la frontière cachée dans le coffre ! Peu importe, vous avez peut-être raison, ce sera aussi drôle ainsi, avait-elle concédé, en répondant d'un signe de main aux sifflements et aux applaudissements des putains admiratives qui entouraient la limousine.

Dans la voiture, Papa m'avait lancé un costume de marin pour enfant, avec un chapeau à pompon complètement ridicule. Au début, comme j'avais refusé de l'enfiler, il m'avait dit que c'était comme ça que les riches enfants américains s'habillaient, que lui aussi avait un déguisement, et que si je ne jouais pas le jeu, nous allions certainement nous faire repérer. Alors j'avais enfilé mon costume, et mes parents avaient beaucoup rigolé ; Papa en me regardant hilare dans le rétroviseur, et Maman en pinçant mon pompon s'extasia :

— En voilà une vie extraordinaire, hier vous étiez gangster, aujourd'hui vous voici militaire des mers ! Ne faites pas cette tête-là, mon enfant, et pensez donc à vos anciens camarades de classe. Je vous assure qu'ils préféreraient être à votre place, assis dans une limousine avec chauffeur en compagnie d'une star américaine !

Nous avions pris la grande route pour descendre dans le Sud, car Papa avait dit qu'avec une couverture comme ça, il n'était pas nécessaire d'emprunter les petites. Du coup, tous les camions, toutes les voitures klaxonnaient en nous dépassant, les gens faisaient des signes de main par la fenêtre, et à l'arrière les enfants s'agglutinaient sur les banquettes. Il y avait même eu trois voitures de police qui étaient passées à nos côtés, et les flics nous avaient fait des coucous, en levant les pouces. Papa était vraiment le roi de la cavale, avais-je pensé. Il avait raison, plus c'était gros, mieux ça passait. Maman fumait des cigarettes en buvant du champagne, saluait les automobilistes qui nous dépassaient en disant :

— Quelle carrière, mes enfants, quel public ! J'aurais bien fait ça toute ma vie, je suis l'anonyme la plus célèbre du monde ! Georges, accélérez s'il vous plaît, les gens devant nous n'ont pas eu le temps de me saluer !

Après sept heures de cavale tonitruante, nous nous étions arrêtés dans un hôtel pour passer la nuit. Papa avait réservé une suite dans un palace qui surplombait la mer sur la côte Atlantique.

— Vous avez de la suite dans les idées. J'espère au moins que vous avez réservé deux chambres, une pour mon fils et moi, et une pour vous, mon charmant chauffeur, avait déclaré Maman ravie de se faire ouvrir la porte comme n'importe quelle célébrité.

— Bien sûr, Miss Bojangles, une star comme vous ne partage pas sa chambre avec le petit personnel, avait confirmé Papa penché dans le coffre pour en extirper les bagages.

Arrivés dans le hall, tous les clients nous avaient regardés sans en avoir l'air, et j'avais constaté, vexé, que le personnel n'avait pas dû voir de riches petits Américains habillés en marin depuis bien longtemps.

— Une suite pour Miss Bojangles et son fils, et une chambre pour leur chauffeur, avait demandé Papa, qui avait raisonnablement abandonné son mauvais accent.

Pour me venger de Papa et de mon costume de marin, lorsque la porte de l'ascenseur s'était ouverte sur un vrai couple d'Américains, j'avais déclaré à notre chauffeur :

— Voyons, Georges, vous voyez bien que l'ascenseur est plein, veuillez emprunter les escaliers avec les valises pour ne pas gêner.

Et la porte s'était refermée sur le visage de Papa complètement décomposé. Les Américains avaient été impressionnés par tant d'autorité et Maman avait ajouté :

— Vous avez raison, Darling, de nos jours, le petit personnel se croit tout permis. Pour les serviteurs, le Seigneur, avec un sens aigu des convenances, a inventé les escaliers, et pour nous il a inventé l'ascenseur, il faut veiller à ne pas tout mélanger.

Les Américains n'avaient certainement rien compris, mais ils avaient quand même acquiescé avec un air concerné. Nous avions attendu Papa en riant comme des fous devant la porte de notre suite. Il était arrivé essoufflé et trempé, sa casquette toute retournée, et m'avait lancé en souriant :

— Tu vas me le payer, petit gredin, trois étages avec cette malle, je vais te faire porter ton costume de marin toute l'année.

Mais je savais bien qu'il n'allait pas le faire, il n'était pas du tout rancunier.

Le soir, au restaurant du palace, j'avais fait remarquer que cet endroit était moins marrant que le précédent mais plus confortable, et qu'avec les putes c'était quand même beaucoup plus sympa et vivant. Alors Papa m'avait répondu qu'il y avait aussi des putes dans celui-ci, mais qu'elles étaient plus discrètes et plus sages pour se fondre dans le paysage. Pendant tout le début du dîner, j'avais scruté l'horizon pour démasquer les putains cachées, mais je n'y étais pas arrivé. Contrairement à nous, elles faisaient très bien leur métier pour ne pas être repérées. Pour notre repas de retrouvailles, mes parents avaient tout commandé, la table débordait d'assiettes de homards flambés, de fruits de mer, de brochettes de Saint-Jacques enflammées, de bouteilles de blanc glacé, de rosé givré, de champagne sabré, de rouge vermeil, les serveurs tournaient autour de nous comme des abeilles, personne dans la salle n'avait jamais vu un pareil repas. Ils avaient même fait venir des musiciens russes à notre table. Maman était montée sur sa chaise pour tutoyer les étoiles et danser en faisant tourner ses cheveux au rythme furieux des violons et des verres de vodka, tandis que Papa applaudissait avec flegme, le dos bien droit, comme doivent le faire les vrais chauffeurs anglais. Mon ventre grossissait à vue d'œil, je ne savais plus où planter ma fourchette, ni comment arrêter ma tête de tourner. À la fin du repas, je voyais des étoiles et des putains partout, j'étais ivre de bonheur et notre chauffeur m'avait dit que j'étais fin saoul comme un marin américain. Pour des fuyards, nous avions mis un sacré bazar.

Dans le couloir, pour me faire danser la valse, Maman avait fait voler du bout de ses pieds ses chaussures à talons jusqu'au plafond et m'avait volé mon chapeau à pompon. Son foulard en soie me caressait le visage, ses mains étaient douces et tièdes, on n'entendait que sa respiration et les applaudissements cadencés de Papa qui nous suivait en souriant aux anges. Maman n'avait jamais été aussi belle, et moi j'aurais donné n'importe quoi pour que cette danse ne s'arrête pas, qu'elle ne cesse jamais. Dans la suite, alors que je me laissais dévorer par la couette, j'avais senti des bras autour de moi et j'avais deviné qu'on profitait de mon ivresse ensommeillée pour me déplacer en douce. Le matin, je m'étais réveillé seul dans la chambre de Papa et j'avais retrouvé mes parents dans la suite, avec des visages chiffonnés, devant leur petit-déjeuner. Manifestement, la nuit, le personnel de maison et les patrons pouvaient tout se permettre, tout mélanger, il n'y avait plus vraiment d'ordre dans leur relation.

Après avoir quitté l'hôtel, où Papa avait beaucoup toussé en regardant Maman régler la note, nous avions emprunté, sous la pluie, une route droite et sans fin, bordée de pins. À cause de la fête de la veille, Maman aurait bien abandonné son statut de star américaine car, à chaque fois qu'on dépassait une voiture, elle geignait en se tenant la tête. «Georges, faites-les taire, je vous en prie, chaque coup de klaxon est un coup de marteau qui résonne, dites-leur que je ne suis rien, ni personne!» Mais Papa n'y pouvait rien, alors il accélérait pour nous éloigner des voitures de derrière, mais forcément on se rapprochait plus rapidement de celles de devant, c'était un problème sans solution qui mettait Maman dans un de ces états, elle était proche de l'explosion. Moi je regardais les pins défiler, en me concentrant pour ne penser à rien, mais c'était loin d'être évident. En avançant, nous allions retrouver notre vie d'avant, tout en la laissant derrière nous, c'était pas facile à imaginer. Après avoir quitté la forêt de pins pour commencer à s'élever dans la montagne en tournant tout le temps, j'avais de nouveau essayé de me concentrer pour ne pas vomir, mais là encore, je n'avais pas réussi et, en me voyant, Maman avait vomi aussi, on en avait mis vraiment partout. En arrivant au poste-frontière, nous étions tous les deux verts et tremblants à l'arrière, et à l'avant Papa était gris comme son costume. Les fenêtres étaient toutes fermées pour ne pas nous faire repérer, pourtant ça sentait le hareng séché, même si nous n'en avions pas mangé. Heureusement, il n'y avait eu ni flic, ni garde-barrière, ni personne pour nous contrôler. Papa avait dit que c'était grâce aux accords de quelqu'un et au marché commun que nous n'avions pas été embêtés, mais je n'avais pas compris ce qu'un marché, aussi commun soit-il, venait faire là-dedans. Même en chauffeur, parfois il était difficile à comprendre.

Nous avions laissé nos dernières craintes au poste-frontière et les nuages accrochés aux sommets des cordillères françaises. En redescendant vers la mer, l'Espagne nous attendait avec un soleil éclatant, et en roulant doucement, les fenêtres grandes ouvertes, nous avions laissé s'échapper les odeurs de trouille et de hareng séché, en écopant notre vomi avec les gants de Maman et un cendrier.

Pour masquer les odeurs de gueule de bois de mon marin et de ma star de cinéma, nous nous étions arrêtés sur la Costa Brava pour cueillir du romarin et du thym sur le bord d'un chemin. En les observant, assis sous un olivier, rire et discuter en offrant leur visage blanc au soleil, je m'étais dit que jamais je ne regretterais d'avoir commis une folie pareille. Un si beau tableau ne pouvait être le fruit d'une erreur, d'un mauvais choix, un éclairage si parfait ne pouvait entraîner aucun regret. Jamais.

Ainsi écrivait mon père dans ses carnets secrets que j'ai découverts plus tard, après.

8

Hystérie, bipolarité, schizophrénie, les médecins l'avaient accablée de tout leur savant vocable pour désigner les fous à lier. Et ils l'avaient liée à un bâtiment déprimant, et ils l'avaient liée chimiquement avec des tonnes de médicaments, et ils l'avaient liée pour sa démence sur une simple ordonnance, tamponnée d'un caducée. Ils l'avaient liée loin de nous pour la rapprocher des fous. Ce que j'avais tant redouté était arrivé, ce à quoi je n'avais jamais vraiment voulu croire nous était tombé dessus, accompagné de flammes et d'une fumée noire, qu'elle avait volontairement propagées dans notre appartement pour brûler son désespoir. Ce compte à rebours, qu'au fil des jours heureux, j'avais oublié de surveiller, venait de se mettre à sonner comme un réveil malheureux et détraqué, comme une alarme qui fait saigner les tympans avec son incessant vacarme, un bruit barbare qui nous dit qu'il faut fuir maintenant, que la fête vient de se finir brutalement.

Pourtant, à la naissance de notre fils, lors de l'accouchement, avec ses hurlements, Constance semblait avoir évacué certains aspects de son comportement tempétueux et déluré. Je l'avais observée chuchoter des vœux à l'oreille de notre bébé fraîchement emmailloté, des vœux de bienvenue assez naturels dans une bouche maternelle et j'avais trouvé cette banalité réconfortante et belle, cette normalité m'avait rassuré. Tant que notre enfant fut bébé, son extravagance sembla contenue, elle n'avait pas totalement disparu, elle était toujours capable de raisonnements et d'actes farfelus, mais ils étaient sans fracas, sans véritable conséquence. Puis le bébé devint un petit garçon qui chancelle et balbutie des sons, pour très rapidement transformer ses expérimentations en marche et en paroles, un petit être qui apprend et qui répète. Elle lui avait appris à vouvoyer tout le monde car elle considérait le tutoiement comme le meilleur moyen d'être à la merci des gens, elle lui avait dit que le Vous était la première barrière de sécurité dans la vie, ainsi qu'une marque de respect qu'on devait à l'humanité tout entière. Ainsi notre enfant vouvoyait tout le monde, les commerçants, nos amis, les invités, notre demoiselle de Numidie, le soleil, les nuages, les objets et tous les éléments. Elle lui avait également appris à faire la révérence aux dames en les couvrant de compliments. Pour les petites filles de son âge, elle lui avait suggéré de leur présenter ses hommages par des baisemains, ce qui rendait nos promenades en ville, dans les rues et dans les parcs, charmantes et hors du temps. Il fallait le regarder quitter son bac à sable et trottiner pour aller s'emparer des mains des jeunes filles éberluées de voir ainsi leurs mains couvertes de baisers. Il fallait voir les yeux de la clientèle des grands magasins le suivre d'un regard bovin, oubliant totalement leurs listes de courses, et l'observer s'incliner avec déférence pour effectuer sa révérence. Certaines mères le regardaient faire, puis tournaient la tête pour tomber nez à nez avec leur fils assis dans leur caddie, la bouche ouverte et couverte de miettes de biscuit, et semblaient se demander ce qui avait bien pu se passer, si c'était leur enfant qui était raté ou le nôtre qui était taré.

Il vouait une admiration sans borne à sa mère et elle en était si fière qu'elle faisait parfois n'importe quoi pour l'épater. Ce que font les enfants pour frimer entre eux pendant la récré, les défis qu'ils se lancent ou les performances qu'ils effectuent pour se faire remarquer, c'était avec sa mère qu'il le faisait. Ils rivalisaient d'audace et d'originalité pour se faire rire et s'attirer l'admiration de l'autre, transformant notre salon en chantier de démolition, en salle de gymnastique, en atelier d'arts plastiques, ils sautaient, brûlaient, peignaient, hurlaient, salissaient tout et faisaient de leurs journées un condensé de ce qu'il y a de plus fou. Il se tenait devant elle l'air bravache, les mains sur les hanches et lui lançait :

— Je ne suis pas sûr que vous allez y arriver, Maman, c'est sacrément dangereux vous savez, il vaut mieux que vous abandonniez maintenant et comme ça, moi j'ai déjà gagné !

— Certainement pas, vous m'entendez ! Jamais je n'abandonnerai ! lui répondait-elle en sautant une dernière fois sur le canapé pour s'élancer au-dessus de la table du salon et atterrir dans l'un des fauteuils crapauds, sous ses applaudissements et ses bravos.

Il s'était aussi pris d'une touchante passion pour Mademoiselle Superfétatoire, pendant une période il ne l'avait pas lâchée d'une aile. Il la suivait partout, en marchant comme elle, il imitait ses mouvements de cou, essayant de dormir debout et de partager son régime alimentaire. Une nuit, nous les avions retrouvés dans la cuisine se partageant une boîte de sardines, les pieds et les pattes pataugeant dans l'huile. Il essayait aussi de l'associer à ses jeux.

— Papa, Mademoiselle ne comprend rien, mais vraiment rien aux règles, apprenez-moi à parler comme elle, comme ça je pourrai lui expliquer comment jouer ! m'avait-il demandé alors que l'oiseau était en train de piétiner le plateau d'un jeu de société.

— Parlez-lui avec les mains, les yeux et le cœur, c'est encore ce qu'il y a de meilleur pour communiquer ! avais-je répondu sans me douter qu'il passerait des semaines entières une main sur le cœur, à saisir de l'autre la tête du volatile, pour plonger ses yeux grands ouverts dans les siens sans cligner d'un cil.

Et moi dans ce cirque, j'avais accepté d'endosser le rôle de Monsieur Loyal, d'enfiler une redingote à breloques, de mettre en scène les envies, les concours, les orgies, les fantaisies et, avec ma baguette, tenter de diriger ces folles opérettes. Pas une journée sans son lot d'idées farfelues, pas une soirée sans dîners improvisés, sans fêtes impromptues. Je rentrais le soir du labeur et croisais mon vieux camarade le sénateur dans la cage d'escalier, en sueur et débraillé, portant des caisses de vin, des bouquets de fleurs ou les paquets du traiteur.

— Ça barde là-haut, avis de tempête ! Il va falloir mettre tes habits de pluie, mon ami, car ce soir ça va mouiller ! On va s'offrir une belle tranche ! lançait-il avec son air réjoui.

Et je retrouvais mon fils sur le palier, accueillant les invités, le visage barbouillé d'une fausse barbe, un bandeau sur un œil et l'autre brûlant d'orgueil, coiffé d'un chapeau de pirate, claudiquant joyeusement sur sa fausse patte en bois. Dans le salon, mon épouse dans un pantalon bouffant, une tête de mort tatouée sur son décolleté pigeonnant, pendue au téléphone, annonçait l'abordage imminent de la flotte du Roy à des renforts appelés à venir séance tenante, pour vider les cales d'un bateau déjà ivre.

— Je vous laisse, le capitaine du navire vient d'arriver, ne tardez pas à venir sinon le rhum va s'évaporer !

Pendant les fêtes, notre fils restait éveillé, il apprenait à danser, déboucher les bouteilles, préparer les cocktails, et avec l'Ordure déguisait et maquillait les invités endormis dans le canapé pour les photographier. Il riait comme un tordu quand celui-ci sortait nu de sa chambre en hurlant qu'il voulait se noyer dans une barrique de vodka. Ils avaient élaboré tous les deux un stratagème astucieux pour faire tomber dans l'escarcelle du sénateur les dames et les demoiselles qu'il voulait entraîner dans sa chambre. L'Ordure lui désignait discrètement sa favorite du moment et le chargeait de disposer des boissons tout autour d'elle, il venait avec son air innocent leur proposer de goûter toutes sortes de compositions alcoolisées et, pour lui faire plaisir, aucune d'elles ne prenait le risque de refuser. Lorsqu'elles étaient « al dente », l'Ordure venait s'asseoir à leurs côtés pour leur parler de son pouvoir, de ses rencontres avec le président et de tous les avantages qu'on pouvait tirer à connaître une telle personnalité. Puis il les emmenait dans sa chambre à coucher pour partager avec elles des morceaux de responsabilité et des miettes de célébrité. Une nuit, notre fils, considérant peut-être qu'il était temps de s'installer à son compte, avait lui aussi attiré une belle invitée dans sa chambrée. Il avait déboutonné sa chemise, retiré son petit pantalon, fait voler son mini-caleçon et s'était mis à sauter nu sur son lit devant la jeune femme totalement charmée, légèrement flattée et aussi un peu effarée.

Alors forcément, pour l'éducation de notre charmant rejeton, dans de pareilles conditions, rien ne s'était passé comme prévu. Comme il passait ses nuits en galante compagnie, participait à des conversations d'adultes, à des débats parfois de haute volée ou à des monologues enflammés d'ivrognes inspirés, ses journées à l'école lui semblaient bien ternes et teintées de banalité. Enfin, pas vraiment ses journées, plutôt ses après-midi, car après de telles soirées nous lui faisions rater presque toutes ses matinées. Lorsque Marine et moi arrivions la mine grise et les yeux masqués derrière nos lunettes fumées de lendemain de fête, inventant des bobards délirants pour justifier ses absences répétées, la maîtresse nous regardait d'un air consterné. Un jour elle nous avait dit en furie « qu'on n'entrait pas dans cette école comme dans un moulin ! ». Ce à quoi ma charmante épouse, branchée sur dix mille volts, avait rétorqué d'un air désinvolte :

— C'est bien dommage car, voyez-vous, au moins, un moulin sert à quelque chose. Cette école ne lui sert à rien, on lui lit des Bibliothèque rose, il n'apprend pas grand-chose, alors qu'avec nous, la nuit, il entend de la belle prose, il disserte des nouveautés littéraires avec des libraires, il discute des choses du monde avec des diplomates, il est chasseur de « gallinette pompette » avec son ami le sénateur, il s'entretient de politique fiscale et de finance internationale avec des banquiers de classe mondiale, il fait la cour à des roturières et des marquises parfaitement conquises, et vous venez nous parler d'horaires à respecter ! Mais vous voulez quoi ? Qu'il devienne fonctionnaire ! Mon fils est un érudit oiseau de nuit qui a déjà lu trois fois le dictionnaire, et vous voulez le transformer en mouette couverte de cambouis se débattant dans une marée noire d'ennuis ! C'est pour éviter tout ça qu'il ne vient que l'après-midi !

Je l'avais observée amusé, le sourire figé et les lunettes baissées sur le nez, déverser son flot d'arguments décalés, tandis que notre fils tournait autour de sa maîtresse en brassant l'air de ses ailes imaginaires d'érudit oiseau de nuit. Après cette énième escarmouche, je savais bien que les jours de notre fils à l'école étaient comptés, que ce rythme scolaire, à la carte et forfaitaire, ne pourrait pas continuer pendant toute sa scolarité.

Il pensait que c'était un jeu, le plus souvent il regardait sa mère en riant, pensant qu'elle jouait encore volontairement un de ses rôles délirants. Il pensait que c'était un jeu, alors je faisais semblant de ne pas avoir l'air trop surpris et malheureux. Lorsqu'un soir, enlevant ses lunettes, après une journée calme consacrée à la lecture, Colette me lança d'une voix troublée et les yeux écarquillés par un sérieux concerné :

— Dites-moi, Georges, éclairez-moi de vos lumières… J'ai peur de ne pas comprendre… Joséphine Baker n'était pas à Paris pendant la guerre… Par conséquent, vous ne pouvez pas l'avoir rencontrée naguère ! Pourquoi m'avoir fait croire toutes ces balivernes ? Vous ne pouvez pas être mon grand-père. C'est écrit noir sur blanc dans cette biographie, il y a un problème de dates dans ce récit, ou alors c'est un tissu de menteries ! Tout ça est impossible, impossible ! C'est impossible, vous m'entendez, strictement impossible ! Je n'ai déjà pas de prénom, mais ce livre vient de m'enlever ma filiation. Qui me dit que vous êtes vraiment mon mari ? Quand vais-je lire un livre qui m'affirmera que vous n'avez jamais rencontré Dracula ?

J'entendais bien le désarroi dans sa voix, je savais bien que pour une fois sa plaidoirie ne recelait aucune fantaisie, elle était malheureusement sérieuse, ses yeux s'étaient voilés afin d'observer intérieurement son monde en train de s'écrouler, et moi, c'est sous mes pieds que je sentais le parquet se dérober. Alors que notre fils riait aux éclats en commençant à gribouiller sur du papier un arbre généalogique sans aucune logique, Colette me regardait comme on regarde un inconnu dans la rue, un inconnu que l'on croit avoir déjà vu. Le doigt tendu vers moi, la bouche ouverte et les sourcils froncés, prête à m'interpeller, elle était perdue. Colette dodelinait de la tête, en marmonnant des formules secrètes, et donnait l'impression de la secouer doucement pour remettre tout en place et retrouver la raison.

— Il faut que j'aille m'allonger un peu, je suis complètement au bout de la roulette, vous m'emberlificotez avec toutes vos sornettes ! avait-elle soufflé cependant qu'elle se dirigeait vers la chambre, la tête penchée pour observer sa main gauche triturer du pouce les lignes de sa main droite.

— Alors c'est qui Maman en fait ? C'est ma grand-mère ? Et Joséphine Baker c'est mon arrière-grand-mère ? Il va falloir m'expliquer pour mon croquis, parce que c'est un drôle d'arbre généalogique avec peu de branches et plusieurs têtes ! avait lancé notre garçon un crayon mâchonné entre ses dents.

— Tu sais, fiston, Suzon a beaucoup d'imagination, elle joue avec tout, même avec sa filiation, mais dans l'arbre, ta Maman, ce sont les racines, les feuilles, les branches et la tête en même temps, et nous, nous sommes les jardiniers, nous allons faire en sorte

131

que l'arbre tienne debout et qu'il ne finisse pas déraciné, lui avais-je répondu par une métaphore confuse enroulée dans un enthousiasme forcé, tandis qu'il acceptait dubitativement sa mission sans la comprendre vraiment.

Après l'incendie, je ne pouvais plus jouer la comédie, le feu, la fumée, les pompiers, le plastique brûlé sur les épaules de ma bien-aimée, toute cette tristesse cachée derrière son euphorie ne pouvaient plus être le fruit d'une plaisanterie. J'avais observé mon fils la recouvrir de la couverture dorée, consciencieusement il l'avait remontée sur ses épaules pour cacher les magmas de plastique fondu et les pellicules de cendre, il l'avait remontée pour cacher, ne pas voir, ne plus voir, les stigmates, brûlés, de l'insouciance de son enfance qui partait en fumée. Il avait fait preuve de beaucoup de sang-froid, de beaucoup de courage dans l'épreuve, gardant un air sérieux et concentré pendant l'interrogatoire de sa mère par les policiers, et durant la batterie d'examens effectuée par les médecins. Pas une fois il n'avait flanché, pas une larme n'avait coulé sur son visage fier et sage. Le seul signe qui laissait transpirer sa peine, c'était ses bras tendus pour enfoncer ses petits poings serrés au fond de ses poches, son visage était resté sérieux et concentré pour commenter les événements.

— Quel bordel, on va bien trouver une solution, hein Papa ! On ne peut pas se passer d'elle comme ça ! Il faut mettre un coup de pied au cul de ces foutus tracas ! avait-il quand même déclaré en prenant son élan pour pourfendre l'air avec son pied, lorsqu'il avait appris que sa mère allait être internée.

En rentrant le soir, seul avec lui, sur le chemin de notre maison, je m'étais dit qu'il avait raison, au point où nous en étions, nous n'avions pas d'autre solution que de botter le cul à la raison. Je lui avais dit, pour ne pas l'accabler, lui épargner l'horrible vérité, que sa mère un jour pourrait rentrer, mais les médecins m'avaient annoncé tout le contraire, pour eux, elle ne pourrait jamais sortir, son état allait devenir de pire en pire, ce bâtiment déprimant – comme elle l'avait désigné – était son seul avenir. Je ne lui avais pas dit que pour épargner la vie des autres elle devait y mourir. En marchant dans la rue, en cette belle soirée de printemps, la main de mon fils dans la mienne, je n'étais plus l'imbécile heureux que je m'étais toujours flatté d'être, j'avais laissé la deuxième partie de mon titre s'envoler loin et disparaître. Lorsque j'avais rencontré sa mère, j'avais tenté un pari, j'avais lu toutes les règles, j'avais signé le contrat, accepté les conditions générales et pris connaissance des contreparties. Je ne regrettais rien, je ne pouvais pas regretter cette douce marginalité, ces pieds de nez perpétuels à la réalité, ces bras d'honneur aux conventions, aux horloges, aux saisons, ces langues tirées aux qu'en-dira-t-on. Désormais, nous n'avions pas d'autre choix que de foutre un coup de pied au cul de la raison, et pour cela nous allions rajouter un avenant au contrat. Après des années de fêtes, de voyages, d'excentricités et d'extravagante gaîté, je me voyais mal expliquer à mon fils que tout était terminé, que désormais, nous irions tous les jours contempler sa mère délirer dans une chambre d'hôpital, que sa Maman était une malade mentale et qu'il fallait attendre sagement de la voir sombrer. Je lui avais menti pour pouvoir continuer la partie.

L'état de Louise était fluctuant, nous ne savions jamais vraiment comment nous allions la trouver, alors à chaque fois notre petit garçon était très angoissé avant d'arriver. Les médicaments lui apportaient une certaine sérénité, et lui faisaient retrouver partiellement son état d'avant, nous la retrouvions gentiment cinglée, comme si elle n'avait pas changé. Mais parfois, lorsque nous poussions la porte, nous la retrouvions en pleine conversation avec ses démons, elle dissertait avec des fantômes en joignant ses mains pour réciter des psaumes qu'elle composait selon ses propres axiomes. En un rien de temps, elle était parvenue à s'attirer l'affection des autres patients et la sympathie du personnel soignant qui lui passait tous ses caprices et la servait à pieds baisés, comme une marquise. Notre fils avait rapidement trouvé ses marques dans ce dédale de couloirs où dérivaient des âmes perdues soutenues par des corps marchant sans but. Il s'était créé un rituel de visites, une tournée des popotes complètement irréelle. Il commençait par aller tenir le crachoir à un schizophrène mélomane puis s'en allait au chevet d'une ancienne criminelle mise hors d'état de nuire par de puissants médicaments. Je profitais de ses absences pour mettre en place avec sa mère l'opération d'évasion que j'avais baptisée « Liberty

Bojangles ». Louise s'était montrée très enthousiaste et m'avait justement fait remarquer que j'avais moi aussi toute ma place dans ce bâtiment de tarés.

— Georges chéri, je vous aurais bien proposé de partager mes pilules, mais voyez-vous, aujourd'hui, je les ai déjà toutes avalées ! Je vous assure que demain je vais vous en mettre de côté. Cette opération Liberty Bojangles ne peut être le fruit d'une personne saine d'esprit !

L'opération Liberty Bojangles était le coup de pied au cul de la raison que mon fils s'était proposé d'envoyer. Je ne pouvais pas me résigner à terminer le roman qu'était notre vie sans y ajouter un point final théâtral. Nous devions offrir à notre fils une conclusion à la hauteur de ce qu'avait été la narration, un brouillon fourmillant de surprises, joyeux et gonflé d'affection. Louise avait souhaité reprendre à son compte ce stratagème considérant qu'il serait un merveilleux couronnement, que cet enlèvement serait le diadème qu'elle allait déposer sur sa tête, pour devenir la reine des déments. Elle souhaitait épater son fils une dernière fois, tout simplement.

9

Devant notre terrasse, à une dizaine de mètres en contrebas, se trouvait un immense pin qui avait toujours été là. Quand parfois nous passions les fêtes d'hiver en Espagne, c'était cet arbre qui servait de sapin de Noël. Avec mes parents, nous passions une journée entière à le décorer, avec une échelle on l'habillait de guirlandes étincelantes, de lumières clignotantes, on le saupoudrait de nuages de coton, et au sommet on mettait une étoile géante. C'était un très beau pin, c'était toujours une très belle journée. Mais, comme tout le monde, il avait grandi, et depuis le début de notre planque, Maman n'arrêtait pas de pester contre cet arbre qui nous gâchait la vue, elle disait qu'à cause de lui on ne voyait plus le lac, qu'il faisait de l'ombre sur la terrasse, et que si un jour il y avait une tempête, il détruirait la maison en tombant sur nos têtes, que l'air de rien, un beau matin, ce pin allait se transformer en assassin. Elle en parlait à chaque fois qu'elle passait devant, et comme on le voyait de toutes les fenêtres, elle en parlait tout le temps. Papa et moi, nous n'avions aucun problème avec le pin, il ne nous dérangeait pas plus que ça, pour voir le lac il suffisait de nous déplacer de quelques pas, mais pour Maman c'était devenu une obsession. Parce que l'arbre se trouvait à la limite de notre propriété et qu'il ne nous appartenait pas, avec Papa nous étions allés voir le maire du village pour demander l'autorisation de l'abattre. Mais le maire avait refusé qu'on le coupe, en disant que si tout le monde coupait les arbres qui dérangeaient, il n'y aurait plus de forêt. En revenant vers la maison, Papa m'avait dit qu'il était d'accord avec le maire, mais qu'avec Maman cet arbre nous causait du tort et qu'il fallait absolument trouver une solution pour ramener le calme à la maison. Moi, je ne savais pas vraiment quoi en penser, faire plaisir à Maman ou détruire la forêt, c'était un problème très compliqué.

À part l'Ordure qui venait toujours passer ses vacances de sénateur, pour taper des bavettes avec moi, travailler à la réussite de sa vie en remplissant son estomac, et griller sur la terrasse comme à chaque fois, nous ne recevions plus personne. Lors de son premier passage, il nous avait ramené Mademoiselle Superfétatoire dans sa voiture. Il était arrivé dans un état de fatigue morale et physique très avancé. Durant le voyage, Mademoiselle n'avait pas cessé de trompeter, de battre des ailes et de taper son bec contre les vitres en transformant la banquette arrière en immense merdier. Pour ne rien arranger, il avait eu des ennuis à la frontière, les gardes-barrières avaient tout contrôlé, ses papiers, la voiture, ses bagages, ils avaient même recommencé quand il avait déclaré qu'il était sénateur, le soupçonnant d'être un imposteur. En sortant de la voiture, il avait décrété qu'il ne voulait plus voir Mademoiselle, même en peinture, et que s'il ne tenait qu'à lui, il la ferait rôtir à la broche pour la manger tout seul accompagnée d'une bonne bouteille de bourgueil. Mademoiselle, quant à elle, s'était échappée immédiatement en direction du lac et y était restée toute la journée pour bouder. Quand l'Ordure repartait à Paris pour travailler au palais du Luxembourg, nous restions seulement tous les quatre, et ça nous suffisait largement.

Parfois, Papa appelait la police pour savoir où en était l'enquête, il mettait le haut-parleur et Maman écoutait le flic nous dire qu'ils ne l'avaient pas retrouvée. On riait en nous masquant la bouche avec les mains pour ne pas faire de bruit, tandis que Papa disait avec une voix triste :

— C'est horrible, c'est incompréhensible, elle doit bien être quelque part ! Vous êtes certain que vous n'avez pas le début d'une piste ?

Alors le flic répondait, toujours embarrassé, que l'enquête piétinait mais qu'ils continuaient à chercher. À chaque fois que Papa raccrochait, je m'exclamais :

— Si l'enquête piétine à Paris, ils ne sont pas près d'arriver jusqu'ici ! C'est déjà long en voiture ou en avion, alors en piétinant ça peut prendre très, très longtemps.

Ça faisait toujours énormément rire mes parents.

Tous les matins, pendant que Papa et moi dormions, Maman allait se baigner dans le lac en compagnie de Mademoiselle. Elle plongeait des rochers puis elle faisait la planche en regardant le soleil se lever, tandis que Mademoiselle Superfétatoire tournait autour d'elle en glapissant, ou en essayant d'attraper des poissons avec son bec, mais c'était toujours un échec. Avec le temps, Mademoiselle était devenue un oiseau de salon qui mangeait des boîtes de thon, écoutait de la musique classique, mettait des colliers et participait aux cocktails, elle avait perdu l'habitude de ces choses-là.

— J'adore regarder le ciel en écoutant les bruits aquatiques des profondeurs, j'ai vraiment l'impression d'être ailleurs, pour commencer une journée, il n'y a rien de meilleur ! disait Maman à son retour, avant de nous préparer un énorme petit-déjeuner, avec du jus d'oranges cueillies dans les arbres du jardin et du miel qui venait des ruches du voisin.

Puis nous allions faire le marché dans tous les

petits villages autour de la maison, à chaque jour son village, à chaque jour un marché différent. Je connaissais le prénom de tous les marchands, souvent ils me donnaient des fruits gratuitement, parfois c'était des sacs remplis d'amandes qu'on allait manger en s'asseyant sur un rocher ou un bout de trottoir, et qu'on cassait avec des cailloux ou nos talons. Les poissonniers nous prodiguaient des conseils pour la préparation ou la cuisson. Les bouchers nous indiquaient des recettes espagnoles pour cuire le porc en croûte de sel, pour faire des mayonnaises à l'ail, ou des recettes encore plus folles de paella où on mettait le poisson, la viande, le riz, les poivrons, et tout le reste en même temps. Puis nous allions prendre un café sur les petites places blanches et dorées, Papa lisait ses journaux en riant tout seul parce que pour lui le monde était fou, et Maman me demandait de lui raconter des histoires extraordinaires en fumant des cigarettes, les yeux fermés et le visage tendu vers le soleil comme un tournesol. Quand j'étais à court d'idées, je lui parlais de notre vie d'hier ou d'avant-hier en rajoutant des petits mensonges, la plupart du temps ça valait largement toutes mes histoires imaginaires. Après le déjeuner, nous laissions Papa se concentrer sur son roman, allongé dans le hamac, les yeux fermés, et nous descendions au lac, nous baigner quand il faisait chaud, ou bien composer de gros bouquets et faire des ricochets avec des galets quand l'air était frais.

En remontant, nous retrouvions Papa qui avait bien travaillé, le visage tout fripé, avec des idées et des épis plein la tête. Nous mettions Bojangles à fond la caisse pour l'apéritif, avant de faire des grillades pour le dîner. Maman m'apprenait à danser sur du rock, du jazz, du flamenco, elle connaissait des pas et des mouvements pour tous les airs festifs et entraînants. Chaque soir, avant d'aller me coucher, ils m'autorisaient à fumer pour faire des ronds. Alors nous faisions des concours de ronds de fumée, nous les regardions s'évaporer vers le ciel étoilé, en nous réjouissant à chaque bouffée de notre nouvelle vie de fugitifs.

Malheureusement, au bout de quelque temps, le déménagement du cerveau de Maman recommença par intermittence. Des coups de folie furtifs qui débarquaient en un clin d'œil, comme ça, pour un détail, pendant vingt minutes, une heure, et s'enfuyaient aussi rapidement qu'un clignement. Puis, pendant des semaines, plus rien. Durant ses passages de folie furieuse, il n'y avait plus seulement le pin qui était une obsession, tout pouvait le devenir du jour au lendemain. Un jour, c'était les assiettes qu'elle avait voulu changer. Parce que le soleil l'éblouissait en se reflétant dans la porcelaine, elle les avait soupçonnées de vouloir nous rendre aveugles. Un autre jour, elle avait voulu brûler tous ses vêtements en lin parce qu'ils lui brûlaient la peau, elle avait vu des plaques sur ses bras alors qu'il n'y en avait pas, et s'était grattée toute la journée jusqu'à en saigner. Une autre fois, c'était l'eau du lac qui avait été empoisonnée, simplement parce qu'avec la pluie de la nuit, elle avait changé de couleur. Et puis le lendemain elle allait se baigner, mangeait dans les assiettes en porcelaine, vêtue d'une robe en lin, comme si de rien n'était. Systématiquement, elle nous prenait à témoin et tentait de nous démontrer la réalité de ses délires d'obsédée, et à chaque fois Papa essayait de la calmer, de lui prouver qu'elle se trompait, mais ça ne marchait jamais. Elle se mettait dans tous ses états, hurlait, gesticulait, nous regardait avec un sourire effrayant en nous reprochant notre lucidité :

— Vous ne comprenez pas, vous ne voyez donc rien, c'est sous vos yeux et vous l'ignorez !

Le plus souvent, elle ne se souvenait pas de ce qu'elle avait fait, alors, avec Papa, on ne lui en parlait pas, on faisait comme si rien ne s'était passé, on pensait que ça ne servait à rien de remuer le couteau dans la plaie. C'était suffisamment dur à vivre comme ça, on n'avait pas envie de le revivre en paroles une seconde fois. Parfois, elle se rendait bien compte qu'elle était allée trop loin, qu'elle avait fait et raconté n'importe quoi, alors là c'était pire, car dans ces moments-ci, elle ne faisait plus peur mais elle faisait simplement de la peine, beaucoup de peine. Puis elle s'isolait pour pleurer de chagrin, on avait l'impression qu'elle n'allait jamais s'arrêter, comme lorsqu'on a pris trop de vitesse en dévalant une pente, ses chagrins venaient de très haut, ses chagrins venaient de très loin, elle ne pouvait pas y résister. Son maquillage, non plus, n'y résistait pas, et partait en poussière en s'éparpillant sur son visage, quittait ses cils et ses paupières, barbouillait ses joues rondes, pour fuir ses yeux affolés qui la rendaient effrayante de beauté. Après le chagrin venait la déprime, elle restait assise dans un coin, les cheveux sur le visage, la tête rentrée dans les épaules, remuait nerveusement ses jambes en respirant très fort pour reprendre son souffle, comme après une course de vitesse. Je m'étais dit qu'elle essayait sans doute de prendre de l'avance sur sa tristesse, tout simplement. Papa et moi, nous nous sentions totalement inutiles devant cet état-là. Il pouvait essayer de la consoler en lui parlant doucement pour la rassurer, et j'avais beau lui faire des câlins, ça ne servait à rien, dans ces moments-là, elle était inconsolable, il n'y avait pas d'espace pour nous entre ses problèmes et elle, la place était imprenable.

Pour atténuer l'ampleur et la durée des crises, un après-midi, nous avions organisé un conseil de guerre. Tous les trois sur la terrasse, nous avions déterminé avec quelles armes nous allions combattre cette grande misère. Papa avait suggéré que Maman cesse de boire des cocktails toute la journée, à n'importe quel moment, parce qu'il pensait que ça n'arrangeait rien d'avoir soif tout le temps. Car s'il n'était pas certain que les cocktails accéléraient le déménagement, il était évident que ça ne le faisait pas reculer. Maman avait accepté la mort dans l'âme, parce que pour elle, les cocktails, c'était une vraie passion. Elle avait quand même négocié un verre de vin à chaque repas, en disant qu'en temps de guerre, ce n'était pas prudent de lui enlever toutes ses munitions.

Comme une prisonnière volontaire, elle nous avait demandé de l'enfermer dans le grenier dès que la folie commençait à montrer le bout de son nez. Elle nous avait déclaré qu'il n'y avait que dans le noir qu'elle pouvait voir ses vieux démons dans le fond des yeux. Alors, avec une immense tristesse, Papa avait accepté de boucher toutes les meurtrières, il avait balayé la poussière, enlevé les toiles d'araignées pour installer un lit dans le grenier. Il fallait vraiment être très amoureux pour accepter d'enfermer sa femme dans cette pièce infâme pour qu'elle se calme. À chaque fois que la folie arrivait, c'était l'horreur de regarder Papa la monter dans son grenier. Maman hurlait, et lui, il lui parlait tout doucement parce qu'il ne pouvait pas faire autrement. Moi je me bouchais les oreilles, et quand ça durait trop longtemps, je descendais au lac pour tenter d'oublier les cochonneries que la vie nous envoyait, mais parfois, même du lac j'entendais les cris de Maman alors je chantais très fort en attendant que les hurlements deviennent des chuchotements. Une fois gagnée sa bataille contre les démons, son combat contre elle-même, elle tapait à la porte et sortait victorieuse du grenier, très épuisée et un peu honteuse aussi. Même si elle était toujours fatiguée après ses crises du grenier, Maman n'arrivait jamais à dormir la nuit, alors elle prenait des somnifères. Car quand elle dormait, aucun démon ne venait l'attaquer, et elle pouvait profiter du repos de la guerrière.

Comme Maman ne pouvait plus prendre l'apéritif, le soir, Papa allait boire le sien avec le pin. Pendant qu'il buvait son cocktail, il versait du liquide toxique et explosif au pied de celui-ci qui absorbait tout sans se douter de rien. Quand je lui avais demandé pourquoi il partageait son apéritif avec l'arbre, il m'avait raconté une histoire que lui seul pouvait inventer. Il m'avait dit qu'il prenait l'apéritif avec l'arbre pour fêter son départ, que l'arbre allait bientôt être libéré, qu'il était attendu ailleurs, autre part. Il m'avait dit qu'il avait été contacté en secret par des pirates qui avaient besoin du tronc pour faire un mât sur leur bateau. Comme il n'était pas méchant, il ne voulait pas le couper à la hache alors il attendait qu'il tombe tout seul comme un grand.

— Vois-tu, cet arbre va quitter la forêt pour aller traverser les mers, les océans, il va faire le tour de la terre entière, il va voyager toute sa vie, il va s'arrêter dans les ports, il va braver les tempêtes, il va se laisser bercer tranquillement, habillé de ses beaux et vieux gréements, avec à son sommet un drapeau à tête de mort, une grande carrière de corsaire l'attend, et je t'assure, il sera plus heureux et utile sur un navire qu'ici, perdu au milieu des siens à ne servir à rien ! m'avait-il conté tandis qu'il rajoutait une dernière gorgée de liquide ménager sur les racines et la mousse à ses pieds.

Je me demandais bien où il pouvait aller puiser toutes ces histoires. Je savais très bien que c'était pour éviter que Maman devienne plus folle encore qu'il prenait l'apéritif avec son arbre, c'était pour le rayer du décor tout simplement. Mais en imaginant l'arbre sur son navire traversant les mers des Caraïbes ou la mer du Nord avec des pirates à son bord pour découvrir des îles secrètes, j'avais décidé de croire à son histoire. Car comme toujours, il savait faire de beaux mensonges par amour.

Quand elle ne se constituait pas prisonnière volontaire, Maman se montrait de plus en plus attentionnée avec nous. Chaque matin, elle remontait de sa baignade avec un petit bouquet qu'elle déposait sur nos tables de nuit, parfois elle l'accompagnait d'un petit mot, une citation tirée de ses lectures ou bien un de ses poèmes de belle facture. Elle passait ses journées dans les bras de Papa quand elle ne me prenait pas dans les siens. À chaque fois que je passais à côté d'elle, elle m'attrapait par la main, me collait contre ses seins, pour me faire écouter son cœur et me chuchoter des compliments, me parler de quand j'étais bébé, de la fête qu'ils avaient faite dans la chambre de la clinique pour célébrer mon arrivée, des plaintes des autres patients à cause de la musique et du bruit toute la nuit, des soirées entières qu'elle avait passées à danser doucement pour me bercer, de mes premiers pas pour essayer d'attraper les houppettes de Mademoiselle, de mon premier mensonge accusant Mademoiselle d'avoir fait pipi dans mon lit, ou de sa joie d'être avec moi tout simplement. Elle ne m'avait jamais dit des choses comme ça auparavant et moi j'aimais beaucoup qu'elle me raconte des histoires dont je ne me souvenais pas, même si dans ses yeux, parfois, il y avait plus de mélancolie que de joie.

À la San-José, les habitants du village organisaient une grande fête qui durait toute une journée. Le matin, ils commençaient par habiller une immense Sainte Vierge en bois avec des bouquets de fleurs, c'était vraiment fantastique. Les familles venaient les bras chargés de bouquets de roses, rouges et blanches. Ils les déposaient au pied de la statue et, petit à petit, les organisateurs lui construisaient une robe rouge avec des motifs blancs et une cape blanche avec des motifs rouges, il fallait vraiment le voir pour le croire. Le matin, il n'y avait que la tête sur un squelette en bois et le soir, la Sainte Vierge était habillée et parfumée pour faire la fête, comme tout le monde. Toute la journée, il y avait des pétards qui explosaient dans tous les sens, ça grondait dans la vallée, au début ça me faisait sursauter, ça ressemblait à la guerre comme au cinéma, mais personne n'avait l'air de s'inquiéter. Papa m'avait dit que les Espagnols étaient des guerriers de la fête et moi j'aimais ce genre de combat avec des fleurs, des pétards et de la sangria. Au fil de la journée, les rues du village se remplissaient de familles habillées en costumes traditionnels, les gens venaient de toute la vallée et même de plus loin encore. Du grand-père à la petite-fille, ils étaient tous déguisés comme au début du siècle dernier, même les bébés avaient droit à leur tunique de dentelles colorées, c'était magnifique. Afin de faire la guerre de la fête, Maman nous avait acheté des costumes pour nous fondre dans le paysage et la coutume. Contrairement au costume de marin américain, j'avais été content d'enfiler mon gilet brillant, mon pantalon bouffant et mes mocassins blancs, parce qu'on n'est jamais ridicule quand on est habillé comme tout le monde. Maman avait dompté ses cheveux fous dans un foulard de dentelle noire et enfilé une belle robe gonflée comme celle des reines dans les manuels d'histoire. Elle avait tellement chaud dans son costume qu'elle remuait sans arrêt son éventail de tissu noir avec des papillons dessus, elle l'agitait si vite qu'on avait l'impression qu'ils pouvaient s'envoler à tout moment. L'après-midi, les rues étaient remplies d'Espagnols costumés qui défilaient religieusement parce que, pour eux, la fête c'était aussi quelque chose de sérieux. Ils étaient fiers et joyeux et j'avais pensé qu'avec des fiestas comme ça, ils avaient toutes les raisons de l'être.

À la nuit tombée, les rues s'étaient illuminées de feux de camp, de torches pour éclairer les danses et leur boucan. Sur la place de l'église, au pied de la Sainte Vierge, les habitants avaient cuisiné une paella tellement gigantesque qu'il fallait de longs râteaux en bois pour rapporter le riz qui cuisait au milieu. Tout le monde se servait dans un fameux foutoir et allait s'asseoir n'importe comment sur les tables et les bancs, tout le monde se mélangeait parce que la paella c'était comme la fiesta, un mélange savant de tout et n'importe quoi. Pour fêter la fin du repas, ils avaient organisé un feu d'artifice qui fusait de partout, des toits des maisons, des montagnes à l'horizon, des barques sur le lac, ça pétaradait de toutes parts, les murs du village prenaient les couleurs des bouquets d'éclairs, à la fin le ciel était tellement clair et gorgé de lumières qu'on se serait cru en plein jour. L'espace d'un court instant, la nuit s'était dissipée totalement, pour participer, à sa manière, à cette jolie guerre, et c'est à ce moment-là que j'ai vu des larmes couler sous la mantille de Maman, des larmes continues qui descendaient tout droit, dévalant sur ses joues pâles et pleines, passant sur le bord de ses lèvres pour aller se jeter par terre en prenant leur dernier élan sur son menton tremblant et fier.

Après le feu d'artifice, une grande et belle dame habillée de rouge et de noir était montée sur le perron de l'église pour chanter des chansons d'amour au cœur de son orchestre. Pour chanter plus fort, elle accompagnait ses paroles dans l'air en tendant les bras vers le ciel, ses chansons étaient tellement belles qu'on se demandait si elle n'allait pas se mettre à pleurer pour mieux les interpréter. Puis elle se mit à chanter des chansons joyeuses que tout le monde applaudissait en rythme en dansant, l'ambiance était électriquement magique. Comme des marionnettes, les silhouettes virevoltaient à en perdre la tête ; comme des toupies, les robes tournoyaient dans un brouillard de couleurs mêlées ; comme des figurines, les danseurs bougeaient en sautillant sur leurs ballerines. Avec leur costume de lumière en dentelle, leur teint mat et leurs grands yeux noirs, les petites filles ressemblaient à des poupées de musée, elles étaient terriblement belles, surtout l'une d'entre elles. Je n'avais pas cessé de la regarder, je n'arrivais pas à regarder autre chose que son chignon, son grand front, ses yeux ailleurs et ses joues roses. Elle était là, juste en face de moi, assise sur un banc, elle agitait douce-ment son éventail en souriant insolemment, et pourtant j'avais l'impression qu'elle était à l'autre bout du monde. À force de la regarder, nos regards avaient fini par se croiser, et j'étais resté pétrifié, figé comme un santon, avec dans le corps un long et doux frisson.

Peu avant minuit, la foule s'était écartée devant le perron pour dégager une piste de danse en rond. Les couples défilaient, un par un, pour danser devant la chanteuse et son orchestre. Il y avait des couples de vieux qui dansaient avec leurs os fra-giles et toute leur expérience, pour eux la danse était presque comme une science, leurs gestes étaient sûrs et millimétrés, ils donnaient l'impres-sion qu'ils ne savaient faire que ça, danser et encore danser, et tout le monde applaudissait pour les féliciter. Les jeunes couples passaient montrer leur fougue cadencée, ils allaient tellement vite que, par moments, on pouvait croire que leurs vêtements aux couleurs vives allaient s'enflammer. En dansant, chaque couple se dévorait des yeux, avec un drôle de mélange entre domination et admiration et, par-dessus tout, une brûlante pas-sion. Et puis il y avait aussi les couples entre géné-rations et là c'était vraiment trop mignon. Les petits garçons dansaient avec leur grand-mère, les petites filles avec leur père, c'était maladroit, brouillon et tendre mais c'était toujours fait sérieu-sement, avec application et attention, et rien que pour ça, c'était beau à voir, alors tout le monde applaudissait pour les encourager. Et puis tout d'un coup, j'avais vu Maman sortir de nulle part pour rejoindre le cœur de la piste en sautillant, une main sur la hanche et l'autre offerte en direction de mon père. Même si elle avait l'air sûre d'elle, j'avais vraiment eu très peur et j'ai pensé qu'ils n'avaient pas le droit à l'erreur. Papa était entré dans l'arène le menton dressé et la foule s'était calmée, par curiosité, pour observer danser les seuls étrangers de la soirée. Après un silence d'une éternité, l'orchestre avait démarré et mes parents avaient commencé à danser doucement en se tournant autour, la tête légèrement baissée et les yeux dans les yeux, comme s'ils étaient en train de se chercher, de s'apprivoiser. Pour moi, c'était beau et angoissant à la fois. Puis la grande dame en rouge et noir se mit à chanter, les guitares s'énervèrent, les cymbales se mirent à frétiller, les castagnettes à claquer, ma tête à tourner et mes parents à voler. Ils volaient mes parents, ils volaient l'un autour de l'autre, ils volaient les pieds sur terre et la tête en l'air, ils volaient vraiment, ils atterrissaient tout doucement puis redécollaient comme des tourbillons impatients et recommençaient à voler avec passion dans une folie de mouvements incandescents. Jamais je ne les avais vus danser comme ça, ça ressemblait à une première danse, à une dernière aussi. C'était une prière de mouvements, c'était le début et la fin en même temps. Ils dansaient à en perdre le souffle, tandis que moi je

153

retenais le mien pour ne rien rater, ne rien oublier et me souvenir de tous ces gestes fous. Ils avaient mis toute leur vie dans cette danse, et ça, la foule l'avait très bien compris, alors les gens applaudissaient comme jamais, parce que pour des étrangers ils dansaient aussi bien qu'eux. C'est sous un tonnerre d'applaudissements qu'ils saluèrent la foule, les applaudissements résonnaient dans toute la vallée rien que pour mes parents, et moi j'avais recommencé à respirer, j'étais heureux pour eux, et épuisé comme eux.

Pendant que mes parents buvaient de la sangria avec les habitants du village, je m'étais mis à l'écart pour savourer ce moment et les observer profiter de leur nouvelle gloire. Assis sur un banc en sirotant un verre de lait, j'avais fouillé la foule du regard pour voir si ma poupée espagnole se trouvait quelque part. Comme les petites filles étaient toutes habillées de la même manière, je croyais la voir partout, mais je ne la trouvais nulle part. Finalement, au bout d'un long moment, c'est elle qui vint me voir. Elle débarqua par surprise en sortant de la foule le visage caché derrière son éventail en avançant doucement, comme dans un roman, portée par sa robe gonflée et flottante. Elle me parla sans me regarder directement, dans un espagnol que je ne comprenais pas vraiment. Elle parlait, sortait les mots de sa gorge en les roulant, en faisant claquer sa langue sur son palais, et moi je la regardais bêtement, la bouche et les yeux grands ouverts, comme un poisson qui gobe de l'air. Elle s'était assise à côté de moi et avait continué à parler beaucoup, elle parlait pour deux, parce qu'elle voyait très bien que je n'étais capable de rien. Elle ne posait pas de question, ça se sentait dans son intonation, elle faisait la conversation en regardant parfois ma tête de poisson et c'était très bien comme ça. Elle partageait avec moi ses impressions et l'air de son éventail, elle se taisait un peu, souriait et recommençait, elle ne semblait pas vouloir s'arrêter et c'était parfait parce que personne ne le lui demandait. Au milieu d'une phrase, elle s'était penchée pour déposer un baiser sur mes lèvres, comme si on était mariés. Et moi, j'étais resté immobile comme un imbécile, j'étais resté là, sans bouger d'un cil, c'était vraiment n'importe quoi d'être aussi nul que ça. Puis elle avait ri et était partie en se retournant deux fois pour voir ma tête de poisson fraîchement pêché.

Lorsque je m'étais couché en rentrant, après avoir éteint la lumière, j'avais entendu la porte s'ouvrir doucement, et j'avais vu la silhouette de Maman s'approcher silencieusement. Elle s'était allongée à mes côtés, délicatement, et avait posé ses bras autour de moi. Elle pensait que je dormais, alors elle parlait doucement pour ne pas me réveiller. Les yeux fermés, je l'avais écoutée chuchoter. Je sentais son souffle tiède dans mes cheveux et la peau douce de son pouce qui caressait ma joue. Je l'avais écoutée me raconter une histoire très ordinaire. L'histoire d'un enfant charmant et intelligent qui faisait la fierté de ses parents. L'histoire d'une famille qui, comme toutes les familles, avait ses problèmes, ses joies, ses peines mais qui s'aimait beaucoup quand même. D'un père formidable et généreux, avec des yeux bleus, roulants et curieux, qui avait tout fait dans la joie et la bonne humeur pour que leur vie se passe au mieux. Mais malheureusement, au beau milieu de ce doux roman, une folle maladie s'était présentée pour tourmenter et détruire cette vie. Des sanglots dans la voix, Maman m'avait murmuré qu'elle avait trouvé une solution pour régler cette malédiction. Elle avait soufflé que c'était mieux ainsi, alors je l'avais crue, les yeux fermés, j'avais été soulagé d'entendre que nous allions retrouver notre vie d'avant la folie. J'avais senti ses doigts dessiner un signe de croix sur mon front, et ses lèvres humides déposer un baiser sur mon menton. Aussitôt Maman partie, je m'étais endormi confiant et serein en pensant à notre vie de demain.

10

Le lendemain matin, sur la table de la terrasse, au milieu des bols, de la corbeille à pain et des pots de confitures, trônait un magnifique bouquet de mimosa, d'épis de lavande, de romarin, de coquelicots, de marguerites multicolores et bien plus encore. En m'approchant de la rambarde pour voir le lac, je vis Maman faire la planche comme chaque jour dans sa tunique blanche. Maman flottait dans son écrin blanc, les yeux vers le ciel et les oreilles à l'écoute des bruits des profondeurs, car pour commencer une journée elle pensait qu'il n'y avait rien de meilleur. En me retournant, je vis Papa qui regardait le bouquet d'un air heureux et satisfait. Mais en s'asseyant, il remarqua, à l'ombre des fleurs, une boîte de somnifères dont toutes les capsules étaient ouvertes et vides. Il me regarda dans les yeux avec un air curieux, se leva et se mit à dévaler le chemin du lac à la vitesse de la lumière, et moi j'étais resté planté là, paralysé dans mon pyjama, sans vouloir comprendre le drame qui s'était passé en bas. Je regardais Papa courir, je regardais Maman flotter, je regardais Papa s'approcher du corps de Maman qui était en train de dériver. Je l'avais regardé plonger tout habillé pour rejoindre Maman à la nage, et j'avais vu Maman s'éloigner doucement du rivage, les bras en croix dans sa tenue de nuit en tissu blanc.

Après avoir sorti Maman du lac, Papa l'avait déposée sur les galets. Il avait essayé de la ranimer, il la touchait partout, il appuyait sur sa poitrine comme un fou, il essayait de la faire revivre, l'embrassait pour lui donner son air, lui montrer son amour et ses sentiments. Je ne me souviens plus être descendu et pourtant je m'étais retrouvé à ses côtés, tenant la main glacée de Maman, tandis qu'il continuait de l'embrasser et de lui parler. Il lui parlait comme si elle entendait, il lui parlait comme si elle vivait, il lui disait que ce n'était pas grave, qu'il la comprenait, que tout allait s'arranger, qu'il ne fallait pas s'inquiéter, que c'était un mauvais moment à passer, qu'ils allaient bientôt se retrouver. Et Maman le regardait, le laissait parler, elle savait très bien que tout était terminé, qu'il se racontait des mensonges. Alors les yeux de Maman restaient ouverts pour ne pas lui faire de peine, parce que certains mensonges valent toujours mieux que la vérité. Moi, j'avais très bien compris que c'était fini, j'avais compris le sens des paroles qu'elle avait prononcées dans mon lit. Et je pleurais, je pleurais comme jamais, parce que je m'en voulais de ne pas avoir ouvert les yeux dans le noir, je pleurais parce que je regrettais de ne pas avoir compris plus tôt que sa solution c'était de disparaître, de nous dire au revoir, de s'en aller pour ne plus nous embêter avec ses crises du grenier, pour ne plus nous faire subir ses obsessions, ses cris et ses hurlements à n'en plus finir. Je pleurais d'avoir compris trop tard, tout simplement. Si seulement j'avais ouvert les yeux, si je lui avais répondu, si je l'avais retenue pour qu'elle dorme avec moi, si je lui avais dit que, folie ou pas, elle était très bien comme ça, elle n'aurait certainement pas fait ça, elle n'aurait certainement pas été se baigner pour la dernière fois. Mais je n'avais rien fait, rien dit, alors elle était là, le corps froid et les yeux ailleurs à écouter notre douleur, sans voir nos yeux pleins de larmes et d'effroi.

Nous étions restés très longtemps tous les trois sur le bord du lac, tellement longtemps que les cheveux et le vêtement en lin blanc de Maman avaient eu le temps de sécher totalement. Avec le vent, ses cheveux bougeaient légèrement, avec le vent, son visage redevenait vivant. Elle regardait le ciel où elle était partie, ses yeux perdus dans ses longs cils, la bouche entrouverte et les cheveux dans le vent. Nous étions restés très longtemps tous les trois sur le bord du lac parce que c'était encore comme ça qu'on était le mieux, tous les trois ensemble, à regarder le ciel. Avec Papa nous étions restés en silence à essayer de lui pardonner son mauvais choix, à essayer d'imaginer la vie sans elle, alors qu'elle était encore là, blottie dans nos bras, le visage au soleil.

En remontant, Papa avait déposé Maman dans un transat et lui avait fermé les yeux car ils ne lui servaient plus à rien. Il avait appelé le médecin du village, seulement pour les formalités, parce qu'on connaissait déjà la vérité et qu'il n'y avait plus rien à soigner. Ils avaient longuement parlé à l'écart pendant que j'observais Maman allongée les yeux fermés, un bras pendant sur le côté et l'autre posé sur ses côtes comme si elle était en train de bronzer. Puis Papa était venu me dire que Maman était morte parce qu'elle avait pris la tasse, qu'elle s'était noyée parce qu'elle avait perdu pied, il ne savait pas trop quoi dire alors il racontait n'importe quoi. Mais moi, je savais parfaitement qu'on ne mangeait pas une boîte entière de somnifères pour dormir alors qu'on vient tout juste de se réveiller. J'avais très bien compris qu'elle voulait s'endormir pour toujours, car il n'y avait qu'en dormant qu'elle pouvait éloigner ses démons et nous épargner ses moments de démence. Elle voulait être tranquille tout le temps, tout simplement. Elle avait décidé ça, et même si c'était triste comme solution, j'avais pensé qu'elle avait ses raisons et qu'il fallait les accepter envers et contre tout, et surtout parce qu'on n'avait plus du tout le choix.

Le médecin nous avait laissé Maman pour une dernière nuit, pour qu'on lui dise au revoir, adieu, qu'on lui parle une dernière fois, il avait bien vu qu'on ne lui avait pas tout dit, qu'on ne pouvait pas s'en séparer comme ça. Alors il était parti après avoir aidé Papa à l'installer sur son lit. Et cette nuit avait été la plus longue et la plus triste de toute ma vie car je ne savais pas vraiment quoi lui dire et je n'avais surtout aucune envie de lui dire au revoir. Mais j'étais resté quand même pour Papa, assis sur ma chaise, je l'avais regardé lui parler, la recoiffer et pleurer la tête posée sur son ventre. Il lui adressait des reproches, la remerciait, l'excusait, lui présentait ses excuses, parfois tout ça dans la même phrase parce qu'il n'avait pas vraiment le temps de faire autrement. Il profitait de cette dernière nuit pour faire la conversation de toute une vie. Il était en colère contre elle, contre lui, il avait de la peine pour nous trois, il lui parlait de notre vie d'autrefois et de toutes ces choses qu'on ne ferait pas, de toutes ces danses qu'on ne ferait plus. Et même si c'était confus, je comprenais tout ce qu'il disait parce que je ressentais les mêmes peines sans pouvoir les prononcer, mes paroles butaient sur mes lèvres closes et restaient bloquées dans ma gorge serrée. Je n'avais que des morceaux de souvenirs qui se bousculaient, jamais des souvenirs entiers, aussitôt remplacés par d'autres, parce qu'on ne peut pas se souvenir de toute une vie en une seule nuit, c'était impossible, c'était mathématique, aurait dit Papa dans d'autres circonstances. Et puis le jour s'était levé, il avait doucement chassé la nuit, et Papa avait fermé les volets pour la prolonger, parce qu'on était bien dans le noir tous les deux avec Maman, on n'en voulait pas de cette nouvelle journée sans elle, on ne pouvait pas l'accepter, alors il avait fermé les volets pour la faire patienter.

L'après-midi, des gens bien habillés, avec leurs petits costumes noirs et gris, étaient venus chercher la dépouille de Maman. Papa m'avait dit que c'était des croque-morts et que leur métier c'était d'avoir des airs tristes pour enlever les morts de chez eux en faisant semblant d'être malheureux. Et même si j'avais trouvé leur métier particulier, j'avais été content de pouvoir partager ma peine avec eux l'espace d'un instant. On n'était jamais assez nombreux pour porter un malheur pareil. Puis Maman était partie, elle avait pris la route sans cérémonie, pour patienter jusqu'à l'enterrement dans un endroit spécialement prévu pour ça. Papa m'avait expliqué qu'on ne pouvait pas garder les morts chez soi pour des raisons de sécurité, mais je n'avais pas très bien compris pourquoi. Dans cet état-là, elle ne risquait pas de se sauver et puis on l'avait déjà kidnappée une fois, on n'allait tout de même pas recommencer. Il y avait des règles pour les vivants mais aussi pour les morts, c'était bizarre mais c'était comme ça.

Pour partager notre peine, Papa avait demandé à l'Ordure de prendre des grandes vacances à l'improviste. Il était arrivé le lendemain même avec son cigare éteint et son teint blême. Il était tombé dans les bras de Papa et s'était mis à pleurer, je n'avais jamais vu ses épaules trembler comme ça, il pleurait tellement qu'il avait de la morve plein sa moustache et des yeux rouges qui dépassaient largement l'entendement. Il était venu partager notre peine et finalement il était arrivé avec la sienne, ça faisait beaucoup de peine au même endroit, alors, pour la noyer, Papa avait ouvert une bouteille d'un liquide tellement fort que je ne l'aurais même pas versé au pied du pin pour le faire tomber. Papa me l'avait fait renifler et ça m'avait brûlé tous les poils du nez, mais eux, ils étaient restés toute la journée à le boire à grandes gorgées. Alors je les avais regardés boire et discuter, puis boire et chanter. Ils ne parlaient que de souvenirs gais, ils riaient et moi je riais avec eux parce qu'on ne peut pas toujours être malheureux. Puis l'Ordure était tombé de sa chaise comme un sac, Papa était tombé aussi en essayant de le relever, parce que l'Ordure était un gros paquet difficile à manipuler. Ils riaient aux éclats en marchant à quatre pattes, Papa essayait de s'accrocher à la table et l'Ordure cherchait ses lunettes qui étaient tombées de ses oreilles crevettes, il fouillait le sol avec son nez comme le font les sangliers. Je n'avais jamais vu une scène pareille, et en partant me coucher j'avais pensé que Maman l'aurait certainement adorée. En me retournant, j'avais vu dans le noir, sans vraiment y croire, le fantôme de Maman assis sur la rambarde, qui applaudissait en riant follement.

Pendant toute la semaine qui précéda l'enterrement, Papa m'avait laissé avec l'Ordure la journée et venait me veiller la nuit. La journée, il était enfermé dans son bureau pour écrire un nouveau roman et la nuit, il venait me tenir compagnie. Il ne dormait jamais. Il buvait toujours ses cocktails à la bouteille et mettait le feu à sa pipe pour rester en éveil. Il n'avait pas l'air fatigué, il n'avait pas l'air malheureux, il avait l'air concentré et joyeux. Il sifflotait toujours mal, il chantonnait tout aussi mal mais, comme tout ce qui est fait de bon cœur, c'était supportable. Avec l'Ordure on essayait de s'occuper comme on pouvait, il m'emmenait faire des balades autour du lac, on faisait des concours de ricochets, il me parlait avec humour de son métier au palais du Luxembourg, on faisait des bavettes, mais tout était un peu triste, le cœur n'y était pas. Les balades étaient toujours trop longues, les ricochets toujours trop courts, l'humour ne faisait pas vraiment rire, seulement sourire, et les amandes et les olives tombaient toujours à côté ou cognaient sur nos fronts et nos joues, sans joie, ni gaîté. Quand la nuit Papa venait veiller sur moi, il marmonnait des histoires sans avoir l'air d'y croire lui-même. Et le matin, alors que le soleil n'était pas totalement levé, il était toujours là, assis sur sa chaise à me regarder, sa pipe allumée éclairant faiblement son regard si particulier.

Les cimetières espagnols ne sont pas comme les autres cimetières. En Espagne, au lieu d'étouffer les morts sous une grande plaque de pierre et des tonnes de terre, ils rangent les morts dans d'immenses commodes avec de grands tiroirs. Dans le cimetière du village, il y avait des rangées de commodes et des pins pour les protéger de la chaleur de l'été. Ils rangeaient leurs morts dans des tiroirs, comme ça c'était plus simple pour venir les voir. Le curé du village était venu pour célébrer la cérémonie, il avait été très gentil et était très élégant dans sa robe blanche et dorée. Sur sa tête, il n'y avait qu'une seule mèche de cheveux qu'il avait roulée tout autour de son crâne pour paraître moins vieux. Sa mèche était tellement longue qu'elle partait du milieu de son front et faisait tout le tour, pour finir coincée derrière une oreille, avec l'Ordure et Papa on n'avait jamais vu une coiffure pareille. Les hommes en costume étaient arrivés, avec leur tristesse professionnelle, dans leur belle voiture de deuil, avec dans le coffre, Maman dans son cercueil. Mademoiselle était venue, et pour l'occasion je lui avais couvert la tête d'un fichu de dentelles noires et elle était restée bien sage, le cou très droit et le bec tendu vers le bas. Quand ils avaient sorti Maman pour la déposer devant le curé et son futur tiroir, le vent s'était levé brusquement, et au-dessus de nos têtes, les branches des pins s'étaient mises à danser en se frottant entre elles. Alors la messe avait commencé, le curé avait prié en espagnol et nous l'avions imité en français. Mais avec le vent, sa mèche se détachait tout le temps, elle s'envolait dans tous les sens, il essayait de la rattraper pour la ramener derrière son oreille, du coup il n'était plus du tout concentré. Il priait, s'arrêtait pour chercher sa mèche dans l'air avec la main, recommençait à prier avec un air distrait et sa mèche à nouveau s'envolait. Ses prières étaient hachées et son crâne aéré, on n'y comprenait vraiment plus rien. Papa se pencha vers l'Ordure et moi pour nous dire que son antenne de cheveux lui permettait de rester en contact permanent avec Dieu, et qu'avec le vent, il n'arrivait plus à capter le message divin. Alors là, ça n'avait plus été possible de rester sérieux, Papa avait commencé à faire un grand sourire content de lui, parce que des histoires comme ça, il n'y avait que lui pour en dire. L'Ordure s'était mis à rire, plus rien ne pouvait le retenir, il riait plié en quatre en reprenant son souffle à l'aide de grands soupirs. Et moi j'avais suivi, incapable de résister à cette vague de rire et de gaîté pas vraiment approprié pour un enterrement. Au début, le curé nous avait regardés étonné avec la main posée sur sa tête pour bloquer son antenne de cheveux et interrompre son message avec Dieu. On ne pouvait pas s'arrêter de rigoler et dès qu'on commençait à se calmer, on se regardait et on recommençait, alors on avait fini par se cacher les yeux pour redevenir sérieux. Le curé était atterré, il nous regardait bizarrement parce qu'il n'avait certainement jamais vu un enterrement comme ça auparavant. Au moment de ranger Maman dans son tiroir, nous avions fait tourner le disque de Bojangles et là ça avait été très émouvant. Car cette musique était comme Maman, triste et gaie à la fois, et Bojangles résonnait dans les bois, remplissait tout le cimetière, avec ses notes de piano qui s'envolaient dans les airs en faisant danser ses paroles dans l'atmosphère. Elle était longue cette chanson, tellement longue que j'avais eu le temps de voir le fantôme de Maman danser au loin dans les bois en tapant dans ses mains comme autrefois. Les gens comme ça ne meurent jamais totalement, avais-je pensé en souriant. Avant de partir, Papa avait déposé une plaque de marbre blanc sur laquelle il avait fait graver : « À toutes celles que vous avez été, amour et fidélité pour l'éternité. » Et moi je n'aurais rien ajouté, parce que pour une fois c'était la vérité.

Lorsque je m'étais réveillé le lendemain, Papa n'était plus sur la chaise, dans le cendrier il y avait encore la braise de son tabac parfumé, et dans l'air la fumée de sa pipe, en nuage, en train de se dissiper. Sur la terrasse, j'avais trouvé l'Ordure les yeux dans le vague et son cigare enfin allumé. Il m'avait expliqué que Papa était parti retrouver Maman, qu'il s'était enfoncé dans les bois, juste avant que je me lève pour ne pas que je le voie. Le sénateur m'avait dit qu'il ne reviendrait pas, qu'il ne reviendrait jamais, mais ça je le savais déjà, la chaise vide me l'avait déjà dit. J'avais mieux compris pourquoi il était heureux et concentré, il était en train de préparer son départ pour rejoindre Maman pour un long voyage. Je ne pouvais pas vraiment lui en vouloir, cette folie lui appartenait aussi, elle ne pouvait exister que s'ils étaient deux pour la porter. Et moi, j'allais devoir apprendre à vivre sans eux. J'allais pouvoir répondre à une question que je me posais tout le temps. Comment font les autres enfants pour vivre sans mes parents ?

Sur son bureau, Papa avait laissé tous ses carnets. Dedans, il y avait toute notre vie comme dans un roman. C'était vraiment extraordinaire, il avait écrit tous nos moments, les bons et les mauvais, les danses, les mensonges, les rires, les pleurs, les voyages, les impôts, l'Ordure, Mademoiselle et le cavalier prussien, Bulle d'air et Sven, l'enlèvement et la cavale, il ne manquait rien à l'appel. Il avait décrit les tenues de Maman, ses danses folles et sa passion pour l'alcool, ses énervements et son beau sourire, ses joues pleines, ses longs cils qui battaient autour de ses yeux ivres de joie. En lisant son livre, j'avais eu l'impression de tout revivre une seconde fois.

J'avais appelé son roman «En attendant Bojangles», parce qu'on l'attendait tout le temps, et je l'avais envoyé à un éditeur. Il m'avait répondu que c'était drôle et bien écrit, que ça n'avait ni queue, ni tête, et que c'était pour ça qu'il voulait l'éditer. Alors, le livre de mon père, avec ses mensonges à l'endroit à l'envers, avait rempli toutes les librairies de la terre entière. Les gens lisaient Bojangles sur la plage, dans leur lit, au bureau, dans le métro, tournaient les pages en sifflotant, ils le posaient sur leur table de nuit, ils dansaient et riaient avec nous, pleuraient avec Maman, mentaient avec Papa et moi, comme si mes parents étaient toujours vivants, c'était vraiment n'importe quoi, parce que la vie c'est souvent comme ça, et c'est très bien ainsi.

11

— *Regardez cette chapelle, Georges, elle est remplie de gens qui prient pour nous ! s'était-elle exclamée dans l'édifice vide.*

Puis, en sautillant dans la nef centrale, elle avait noué son châle autour de son cou pour le transformer en traîne de mariée. Au fond, le grand vitrail multicolore, transpercé par le soleil levant, diffusait une lumière mystique au cœur de laquelle tournoyait la poussière dans une valse intemporelle, un tourbillon qui planait juste au-dessus de l'autel.

— *Je jure devant Dieu tout-puissant que toutes les personnes que je suis vous aimeront éternellement ! avait-elle psalmodié, mon menton entre ses mains, pour mieux hypnotiser, de son regard céladon, mes yeux ensorcelés.*

— *Je promets devant le Saint-Esprit d'aimer et de chérir toutes celles que vous serez, jour et nuit, de vous accompagner toute votre vie et de vous accompagner partout où vous irez, avais-je répondu en appliquant mes mains sur ses joues rebondies, gonflées par un sourire débordant d'abandon.*

— Vous jurez devant tous les anges que vous me suivrez partout, vraiment partout ?

— Oui, partout, vraiment partout !

DU MÊME AUTEUR

Aux Éditions Finitude

EN ATTENDANT BOJANGLES, 2016 (Folio n° 6308), prix France Télévisions 2016, Grand Prix RTL-*Lire* 2016, prix du Roman des étudiants France Culture-*Télérama* 2016, prix Emmanuel Roblès, prix de l'Académie de Bretagne, prix Hugues Rebell.

PACTUM SALIS, 2018 (Folio n° 6628).

Aux Éditions Gallimard

Dans la collection « Écoutez-Lire »

EN ATTENDANT BOJANGLES, 1 CD.

PACTUM SALIS, 1 CD.

Composition : IGS-CP à L'Isle-d'Espagnac
Achevé d'imprimer par Novoprint,
à Barcelone, le 21 décembre 2020
Dépôt légal : décembre 2020
1ᵉʳ dépôt légal dans la collection : février 2019

ISBN 978-2-07-284481-2./Imprimé en Espagne.

379276